Roberta DeBules
le 11 août 2019
Québec CA

LE CŒUR DES TÉNÈBRES

Paru dans le Livre de Poche :

LORD JIM
SOUVENIRS PERSONNELS

JOSEPH CONRAD

Le Cœur des ténèbres

Traduction, préface et notes
de Catherine Pappo-Musard

Le Livre de Poche

Titre original :
THE HEART OF DARKNESS

Couverture : © Michael Zumstein, Agence VU.

© Le Livre de Poche, 2012 pour la présente édition.
ISBN : 978-2-253-16744-0

Préface

> ... yet from those flames
> No light, but rather darkness visible[1].
> Milton, Paradis perdu (I, 62).

À la fin du *Cœur des ténèbres*, la marée a tourné sans que s'en avisent les auditeurs de Marlow. Il les a entraînés à sa suite de l'estuaire de la Tamise à celui du Congo, de Londres à Bruxelles, de l'Europe au centre de l'Afrique, sans jamais se départir de sa pose de Bouddha. Voyage au « long cours », certes, mais assez ordinaire pour un homme comme Marlow, dont la carrière de marin se calque sur celle de son créateur, Joseph Conrad (1857-1924). Voyage exceptionnel cependant, qui va imposer à Marlow des franchissements de lignes infiniment plus significatives que celle de l'équateur, et des métamorphoses radicales : cet homme qui n'a jamais compté que sur lui-même, qui déteste le mensonge et qui a

Préface

couru les mers d'Australie et d'Extrême-Orient sur les plus grands voiliers (voir *Jeunesse*), va se faire un peu « gigolo » pour devenir marin d'eau douce sur un misérable vapeur et pratiquer la dissimulation sous toutes ses formes. Navigation exemplaire qui oblige donc à risquer son âme autant que sa vie, mais dont la destination ultime semble bien être ce voyage immobile, par les mots, auquel nous convie Conrad.

Quand il se lance dans cette aventure, « l'ancien marin » Conrad a plus de quarante ans et trois romans à son actif. Il n'en est pourtant qu'à ses débuts dans la littérature et, peut-on ajouter, dans la paternité, deux motifs d'angoisse pour cet homme tourmenté. En effet, 1898 voit la naissance de son premier fils et la publication d'*Inquiétude*, recueil où figure « Un avant-poste du progrès », nouvelle déjà inspirée par son expérience au Congo. Son ami Edward Garnet décrit pour nous l'écrivain à cette époque : « J'ai le souvenir d'un homme aux cheveux sombres, petit, mais dont les gestes nerveux étaient extrêmement gracieux, aux yeux brillants tantôt mi-clos et pénétrants, tantôt doux et chaleureux, d'abord vigilant et toutefois caressant, dont le discours était tour à tour engageant, circonspect, et bourru[2]. » Portrait tout en contrastes, qui résume bien la vie de ce Polonais naturalisé sujet britannique et si bien intégré qu'à

Préface

partir de 1911, il bénéficia d'une liste civile de la part de la Couronne, c'est-à-dire d'une somme pour son entretien ; de ce romancier tardif, bientôt acclamé comme l'un des plus grands écrivains de langue anglaise, mais qui eût préféré faire carrière en français ; de ce noble auquel vingt ans dans la marine ne firent pas perdre ses manières aristocratiques et qui refusa pourtant le titre de chevalier quand un Premier ministre travailliste décida de le lui offrir ; de ce sceptique enterré selon les rites catholiques. Pour le critique Cedric Watts, si un dieu s'intéressa à Conrad, il ne pouvait s'agir que de Janus aux deux visages.

Il suffit pour s'en convaincre de considérer quelques-uns des éléments qui présidèrent à la destinée de Józef Teodor Konrad Natęcz Korzeniowski. Quand il vient au monde, la Pologne est rayée de la carte de l'Europe depuis près de quarante ans et celui à qui l'on reprochera d'avoir trahi la mère patrie est en fait citoyen russe. Ses parents appartiennent à cette noblesse terrienne qui prône tout à la fois la libération des serfs et l'indépendance nationale. Arrêtés et déportés pour un temps dans le Nord, ils meurent à peu d'années de distance et, à onze ans, leur fils est confié à son oncle, Tadeusz Bobrowski. Peu à peu, Conrad se met en tête de devenir marin.

Préface

Dans *Souvenirs*, il présentera son choix comme celui d'un « incorrigible Don Quichotte » polonais qui souhaite courir le plus de risques possible (idéal qui rappelle celui du jeune Russe dans *Le Cœur des ténèbres*) ; peut-être souhaite-t-il également échapper à ceux de la conscription russe ? Dans ce but, à seize ans, il quitte la Pologne et s'installe à Marseille. Il y pratique le métier de marin, la vie de bohème et un peu de contrebande. L'équilibre est précaire ; quand il se rompt, Conrad fait une tentative de suicide et appelle l'oncle Tadeusz à l'aide. Les deux hommes s'accordent sur la nécessité d'une existence plus disciplinée et, en 1878, Conrad s'engage dans la marine marchande britannique sans connaître trois mots d'anglais. En 1886, malgré une propension à changer souvent de navire, il aura passé tous les examens indispensables à l'obtention du brevet de capitaine. Pendant huit années encore, il continuera à sillonner les mers du globe, rencontrant nombre de ceux qu'il fera revivre dans ses romans. Entre deux commandements, il se met à écrire *La Folie-Almayer* dont le manuscrit l'accompagne au Congo, puis en Australie. L'accueil fait par la critique à ce premier roman, puis son mariage amènent Conrad à se sédentariser et l'encouragent à se consacrer à la littérature.

Préface

Rédigé en trois mois, *Le Cœur des ténèbres* fut d'abord publié en livraisons dans le respectable *Blackwood's Magazine*, de février à mars 1899. Il parut en volume trois ans plus tard avec *Jeunesse* et *Au bout du rouleau*. Dans une « Note de l'auteur », Conrad apporte les précisions suivantes : « Il fallait donner à ce sombre thème une résonance sinistre, une tonalité particulière, une vibration continue qui, je l'espérais du moins, persisterait dans l'air et demeurerait encore dans l'oreille après que seraient frappés les derniers accords. » Il est certain que l'expérience congolaise avait vibré en Conrad longtemps après s'être terminée. Elle remontait à 1890 et résultait, comme pour Marlow, de ses difficultés à trouver un commandement. Grâce à une parente, Marguerite Poradowska, il obtint un emploi auprès de la Société anonyme belge pour le commerce du haut Congo et il s'embarqua en mai pour gagner Matadi, à l'embouchure du Congo, et accomplir des exploits dignes de ceux du célèbre explorateur Stanley « retrouvant » Livingstone. Sa désillusion fut grande.

L'État libre du Congo est alors la propriété personnelle de Léopold II, qui le fait exploiter par des compagnies concessionnaires. Quand le souverain se trouve à court de fonds, les autorités taxent les indigènes, les contraignent à apporter des quantités précises de latex et d'ivoire, organisent des expédi-

11

Préface

tions punitives pour rappeler la main-d'œuvre à la docilité. En juin, Conrad rencontre à Matadi Roger Casement; consul de Grande-Bretagne, il dénoncera, en 1903-1904, les crimes de la colonisation léopoldienne avant de finir pendu pour haute trahison après le soulèvement de Dublin en 1916. Une commission d'enquête viendra sur place et, acculé, Léopold cédera le Congo à la Belgique en 1908. Les exactions diminueront d'intensité sans disparaître totalement, si l'on en juge par les récits d'André Gide dans *Voyage au Congo* (1925), dédié à Conrad.

Après une marche de plus de trois cents kilomètres, celui-ci arrive en juillet à Kinshasa où il rencontre le directeur, Camille Delcommune. L'antipathie est immédiate et réciproque. Conrad se retrouve sans tarder sur le *Roi des Belges* mais le vapeur est commandé par le capitaine Koch et c'est pour une expédition de routine. Il s'agit d'aller rechercher un agent malade qui mourra à bord, comme Kurtz. De retour, Conrad voit confier à un certain Carlier la responsabilité du *Florida* qu'on lui avait promise à Bruxelles. Il exorcisera sa déception et sa rancœur en faisant de lui l'un des deux héros pitoyables de « Un avant-poste du progrès ». Le 26 septembre, il écrit à M. Poradowska : « Tout m'est antipathique ici. Les hommes et les choses, mais surtout les hommes. Et moi, je leur suis antipathique aussi. »

Préface

L'aventure aura duré quatre mois seulement, mais c'est un Conrad physiquement et moralement épuisé qui rentre à Londres.

Ce traumatisme, Marlow s'en fait l'écho dès qu'il prend la parole. L'expérience congolaise a fait de lui un homme pour qui désormais les ténèbres sont toujours *visibles* : les ténèbres, c'est-à-dire le passé dans le présent, le primitif dans le civilisé, le mensonge dans la vérité, la corruption dans l'idéal, et la mort dans la vie. La richesse symbolique de ce roman est telle (excessive, selon Conrad) que l'on a pu y lire une parabole du récit, ou bien encore une plongée dans l'inconscient, sans en épuiser l'opacité. Obscurité narrative et thématique, mais obscurité paradoxale d'un récit qui est aussi une étude minutieuse sur l'instabilité des éclairages et sur les clartés aveuglantes. Dans cette perspective, les ténèbres signalent moins une absence qu'une synthèse de toutes les lumières, de même que le blanc et le noir réalisent celle de toutes les couleurs. Capable de percer les ténèbres, Marlow apparaît doué d'une acuité visuelle supérieure à la moyenne, et différent des autres. Tant que le soleil brille encore sur la Tamise, les hommes rassemblés sur le *Nellie* se satisfont d'une « contemplation placide » de la surface de l'estuaire. Marlow se met à parler quand la nuit est seulement

Préface

« trouée » par le reflet de Londres sur le ciel. Si les autres marins se contentent d'une vision sommaire du monde, lui ne cesse de porter les yeux plus loin, de traquer le moindre halo, en quête de ces éclairages ambigus qu'il juge les plus révélateurs. Mais, avant le Congo, s'il les recherche, c'est en esthète impassible, en collectionneur de nuances et d'effets, bien décidé à ne pas franchir la frontière mouvante entre surface et profondeur.

Tout enfant, il explore la surface du monde entier dans les atlas, puis c'est le Congo, le tracé du fleuve noir striant la carte qui le fascine. Dès Bruxelles, la prédominance du blanc et du noir (le « sépulcre blanchi », les tricoteuses de laine noire) s'affirme comme un démenti à la « lumière chiche » qui règne dans les bureaux de la Compagnie. Pour Marlow, cette vision de surface donne pourtant lieu à une prévision de profondeur et il a le sentiment de s'apprêter à partir, non plus pour le centre d'un continent, mais vers le centre de la Terre. Arrivé à Matadi, il se trouve aveuglé par le soleil, il ferme les yeux et se dit que les pires explosions ne produisent « aucun changement sur la surface du rocher ». Au même moment, toutefois, il « prévoit » la présence du mal et le rencontre effectivement dans l'obscurité verdâtre du bosquet de la mort. Les hommes qui lui apparaissent ensuite (le comptable, le directeur, le briquetier) ne sont que des « visions », des silhouettes caricaturales semblables aux mannequins dont les ombres sont projetées sur le mur de la caverne dans *La République* de Platon. Sur Kurtz, ils ne fournissent que des lumières illusoires. Marlow se protège d'eux par le travail, les « incidents superficiels », plaques de tôle et autres histoires de rivets. Mais une fois qu'il est sur le fleuve, la profondeur s'impose à lui et ne le lâche plus. Les arbres cachent en partie le soleil, ou bien l'obscurité arrive avant l'heure, ou bien le brouillard installe une sorte de nuit blanche en plein jour et, sous ces éclairages qui bousculent l'ordre naturel, Marlow doit affronter des abîmes : l'appétit et la patience insondables des cannibales, le danger des hauts-fonds et des écueils. Obsédé par la crainte de couler le navire et de noyer les passagers, il est contraint de regarder en lui-même et il y découvre le passé de toute l'humanité. La ligne sur la carte s'est métamorphosée en puits menant au centre de la Terre, le déplacement dans l'espace vers l'amont du fleuve est devenu voyage dans le temps et retour aux sources. Ce qu'il appelle « sensation de cauchemar » signale en fait le passage dans une réalité autre, et digne des grands mythes de la navigation qui peuplaient les Antipodes d'êtres géants et cannibales, assez semblables à Kurtz. Là, celui-ci n'est pas soumis aux lois de la gravitation et Marlow, devant lui, s'avoue privé de tout repère. Il ne lui reste qu'à se colleter avec un fantôme, une vapeur, une âme.

Que la réalité de surface sauve Marlow d'un retour à la sauvagerie importe assez peu en fin de compte. Elle ne l'a pas sauvé de cette incursion de « l'autre côté » : il a vu ce que dissimulait le voile et il a vécu l'agonie de Kurtz. Il est désormais capable de voir la nuit. Ce n'est pas un hasard s'il choisit d'aller voir la fiancée de Kurtz à l'heure indécise du crépuscule. Dans le sépulcre bruxellois, l'appartement de la jeune femme est un étrange tombeau contenant un piano-sarcophage. Les morts y ressuscitent tandis que les vivants deviennent l'ombre d'eux-mêmes ou le négatif d'un autre, et tout le décor s'organise en miroirs pour donner une image inversée de la réalité. En ce lieu, et sans bouger, Marlow refait le voyage du Congo et se trouve confronté à « l'horreur » : elle réside pour lui dans une clairvoyance excessive, dans sa nouvelle capacité à voir les deux côtés du miroir en même temps, dans l'inconfort de ce plan médian où il se tient désormais, avec l'obligation de mettre les deux mondes en contact, de dire et de traduire ce qu'il a vu de l'autre côté.

Marlow n'a pas, après tout, du Bouddha que la pose. Le Congo l'a bel et bien transformé en Grand

Préface

Nautonier qui fait passer sur l'autre rive. Dans le même temps, il est devenu le narrateur idéal, médiateur exemplaire entre le lecteur et ce Conrad qui écrivait « *"homo duplex"*, cela veut dire bien des choses dans mon cas ».

C. Pappo-Musard

Bibliographie

1895 : *Almayer's Folly* (La Folie-Almayer) – 1896 : *An Outcast of the Islands* (Un paria des îles) – 1897 : *The Nigger of the « Narcissus »* (Le Nègre du « Narcisse ») – 1898 : *Tales of Unrest* (Inquiétude) – 1899 : *Heart of Darkness* en livraisons (Le Cœur des ténèbres) – 1900 : *Lord Jim* – 1902 : *Youth* (Jeunesse) – 1903 : *Typhoon* (Typhon) – 1904 : *Nostromo* – 1906 : *The Mirror of the Sea* (Le Miroir de la mer) – 1907 : *The Secret Agent* (L'Agent secret) – 1911 : *Under Western Eyes* (Sous les yeux de l'Occident) – 1912 : *A Personal Record* (Souvenirs personnels) ; *'Twixt Land and Sea* (Entre terre et mer) – 1913 : *Chance* (Fortune) – 1915 : *Within the Tides* (En marge des marées) ; *Victory* (Victoire) – 1917 : *The Shadow-Line* (La Ligne d'ombre) – 1919 : *The Arrow of Gold* (La Flèche d'or) – 1920 : *The Rescue* (La Rescousse) – 1922 : *The Rover* (Le Frère de la Côte).

aval/amont

1

Le yawl[3] de croisière *Nellie* rappela sur son ancre sans un frémissement des voiles et s'immobilisa. La marée était étale, le vent presque tombé et, comme nous devions descendre le fleuve, la seule possibilité était de s'embosser[5] et d'attendre le reflux.

L'estuaire de la Tamise s'étendait devant nous comme le début d'un cours d'eau sans fin[6]. Au large, la mer et le ciel se confondaient absolument et, dans cet espace lumineux, les voiles brunies des barges poussées vers l'amont par la marée semblaient suspendues, rouges bouquets de toile aux pointes aiguës où luisaient les livardes[7] vernies. Une brume était posée sur les rives basses qui s'avançaient dans la mer et s'y abîmaient à l'arrière-plan. L'air était ténébreux au-dessus de Gravesend[8] et, plus loin encore, semblait condensé en une obscurité morne et immobile, appesantie à l'aplomb de la plus vaste et de la plus grande cité de la terre.

Joseph Conrad

L'Administrateur de sociétés⁹ était notre capitaine et notre hôte. Tous les quatre, nous contemplions affectueusement son dos comme il se tenait à la proue et regardait vers le large. Sur tout le fleuve, rien n'avait l'allure, et de loin, aussi nautique. Il ressemblait à un pilote, ce qui représente pour un marin la loyauté incarnée. Il était difficile d'admettre que ce n'était pas là-bas, dans l'estuaire lumineux, qu'il avait à faire, mais derrière lui, dans cette obscurité pesante.

Entre nous il y avait, comme je l'ai déjà dit quelque part, le lien de la mer. Outre qu'il maintenait l'attachement de nos cœurs pendant les longues périodes de séparation, il avait pour effet de nous rendre tolérables les fables¹⁰ et même les convictions des autres. Le Juriste¹¹ – le meilleur des vieux compagnons – avait droit, en raison de son grand âge et de ses grandes vertus, à l'unique coussin sur le pont, et il était allongé sur l'unique carpette. Le Comptable avait déjà sorti une boîte de dominos¹² et il s'amusait à les faire tenir en équilibre. Marlow¹³ était assis tout à fait à l'arrière, les jambes croisées, appuyé contre le mât d'artimon¹⁴. Ses joues creusées, son teint jaune, son dos droit lui donnaient l'air d'un ascète et, avec ses bras pendants et ses paumes vers l'extérieur, il ressemblait à une idole. L'Administrateur, après s'être assuré que l'ancre mordait bien, se dirigea vers l'arrière et s'assit parmi nous. Nous échangeâmes quelques mots, nonchalamment. Après quoi le silence régna à bord du yacht.

Le Cœur des ténèbres

Sans raison précise, nous ne commençâmes pas notre partie de dominos. Nous nous sentions d'humeur pensive et tout juste bons à une contemplation placide[15]. La journée s'achevait dans la sérénité d'un éclat vif et tranquille. L'eau brillait, paisible ; le ciel sans la moindre tache était une bienveillante immensité de lumière immaculée ; même le brouillard sur les marais de l'Essex faisait comme une étoffe de gaze lumineuse qui tombait des hauteurs boisées à l'intérieur des terres et enveloppait les rives basses de plis diaphanes. Seule l'obscurité à l'ouest, qui pesait au-dessus des étendues en amont, devenait plus sombre à chaque instant, comme irritée par l'approche du soleil.

Et enfin, dans sa chute oblique et imperceptible, le soleil s'enfonça à l'horizon et son incandescence aveuglante se changea en un rouge terne, sans rayonnement et sans chaleur, comme s'il était sur le point de s'éteindre d'un coup, frappé à mort par cette obscurité qui pesait sur une multitude humaine.

Aussitôt, un changement se fit sur les eaux, et la sérénité devint moins éclatante mais plus profonde. Le déclin du jour laissait le vieux fleuve imperturbable en son large estuaire, après des siècles de bons et loyaux services rendus à la race qui peuplait ses rives, étendu avec la dignité tranquille d'un cours d'eau menant aux extrêmes confins de la terre. Nous regardions le vénérable courant, non dans le rutilement vif d'un jour rapide qui s'en vient et s'en va pour toujours, mais dans la lumière auguste des souvenirs ineffaçables. Et, en vérité, rien n'est plus facile pour un homme qui a, selon l'expression consacrée, « couru les mers » avec révérence et affection, que d'évoquer le noble esprit du passé sur l'estuaire de la Tamise. Montante ou descendante, la marée poursuit sa tâche incessante, grosse du souvenir des hommes et des navires qu'elle a portés jusqu'au repos du foyer ou aux batailles de la mer. Elle avait connu et servi tous les hommes dont la nation est fière, de Sir Francis Drake[16] à Sir John Franklin[17], tous chevaliers, titrés ou pas, les grands chevaliers errants de la mer. Elle avait porté tous les navires dont les noms sont autant de joyaux étincelants dans la nuit du temps, de la *Golden Hind*[18] revenant, avec des trésors entassés dans ses flancs arrondis, pour recevoir la visite de la grande souveraine[19] et disparaître ainsi de l'immense légende, jusqu'à l'*Erebus* et à la *Terror*[20], partis pour d'autres conquêtes et qui ne sont jamais revenus. Elle avait connu les navires et les hommes. Ils avaient appareillé de Deptford, de Greenwich, d'Erith[21], aventuriers et colons; navires de rois et navires de financiers; des capitaines, des amiraux, les ténébreux « interlopes[22] » du commerce du Levant, et les « généraux » commissionnés des flottes des Indes orientales. Chercheurs d'or ou chasseurs de gloire, ils étaient tous partis sur ce fleuve, portant l'épée et souvent la torche, messagers de la puissance de ce pays, dépositaires d'une étincelle du feu sacré. Que de grandeur avait flotté avec la marée descendante de ce fleuve pour s'enfoncer dans le mystère d'une terre inconnue ! Rêves des hommes, semences de dominions, germes d'empires.

Le soleil se coucha ; l'obscurité se fit sur l'eau et des lumières commencèrent à apparaître le long du rivage. Le phare de Chapman, une espèce de bâtiment tripode sur une laisse[23] de vase, se mit à briller d'un éclat vif. Les feux des navires se déplaçaient dans la passe ; une grande agitation de fanaux qui montaient et descendaient. Et plus à l'ouest en amont, l'emplacement de la ville monstrueuse se repérait encore, sinistrement, sur le ciel : obscurité pesante en plein soleil et flamboiement blafard sous les étoiles.

« Et elle aussi[24], dit soudain Marlow, a été un lieu de ténèbres sur cette terre. »

Il était le seul d'entre nous à encore « courir les mers ». Le pire que l'on pût dire à son sujet, c'est qu'il n'était pas représentatif de sa classe. C'était un marin, mais c'était aussi un vagabond des mers, tandis que la plupart des marins mènent, si l'on peut dire, une vie sédentaire. Ils ont l'esprit casanier et ils emportent partout leur maison avec eux : le navire ; de même leur patrie : la mer. Tous les navires se ressemblent et la mer est partout pareille. Sur l'immutabilité de ce qui les entoure, les rivages étrangers, les visages étrangers, l'immensité changeante de la vie glissent et disparaissent, enveloppés du voile[25], non pas de leur mystère, mais d'une ignorance un peu dédaigneuse ; car rien n'est mystérieux aux yeux d'un marin, si ce n'est la mer elle-même, qui est la maîtresse de son existence et insondable comme la Destinée. Pour le reste, quand le travail est fini, une balade ou une bordée de hasard à terre suffisent à lui dévoiler le secret de tout un continent et, en général, il trouve le secret sans intérêt. Les fables de marin sont simples et directes, et tout leur sens se ramène à peu de chose au fond. Mais Marlow n'était pas typique (mis à part sa tendance à fabuler), et pour lui, le sens d'un épisode n'était pas au fond, comme la vérité dans un puits, mais autour : il enveloppait le conte qui le révélait simplement comme une incandescence révèle une vapeur, semblable à ces halos brumeux que rend parfois visibles la réverbération de la lune.

Sa remarque ne surprit personne. Elle était tout à fait dans le style de Marlow et fut acceptée en silence. Personne ne prit même la peine de grommeler et, peu après, il dit très lentement :

« Je pensais à des temps très anciens[26], la première fois que les Romains sont arrivés ici, il y a dix-neuf cents ans, autrement dit, hier… La lumière est sortie de ce fleuve depuis… les chevaliers, dites-vous ? Oui, mais c'est comme un incendie qui embrase la plaine, comme un éclair dans les nuages. Notre vie, c'est le tremblotement de lumière. Puisse-t-il durer aussi longtemps que continue à tourner cette vieille terre ! Mais les ténèbres étaient là hier. Imaginez ce qu'a ressenti le commandant d'une superbe… comment déjà ? trirème en Méditerranée, quand il a reçu brusquement l'ordre de se diriger au nord ; de traverser les Gaules à toute allure ; de prendre la responsabilité d'un de ces petits bateaux que les légionnaires (il faut croire que c'étaient des garçons qui savaient travailler) construisaient apparemment par centaines en un mois ou deux, si nous devons en croire les livres. Imaginez-le ici : le vrai bout du monde, une mer couleur de plomb, un ciel couleur de fumée, et une espèce de bateau à peu près aussi rigide qu'un concertina ; et il remonte ce fleuve avec des provisions, ou des ordres, ou ce que vous voudrez. Des bancs de sable, des marécages, des forêts, des sauvages, à peu près rien à manger qui soit digne d'un homme civilisé[27] et seulement l'eau de la Tamise à boire. Pas de vin de Falerne[28], pas de descente à terre. Ici et là, un camp militaire perdu dans une région sauvage[29] comme une aiguille dans une botte de foin ; et le froid, le brouillard, les tempêtes, la maladie, l'exil et la mort, la mort qui rôde dans l'air, dans l'eau, dans les fourrés. Ils ont dû mourir comme des mouches par ici. Oh oui, ce commandant l'a fait, et très bien à n'en pas douter, et qui plus est sans beaucoup réfléchir à la question, sauf plus tard pour se vanter de ce qu'il avait fait dans sa jeunesse peut-être. C'étaient des hommes capables d'affronter les ténèbres. Et peut-être trouvait-il du réconfort dans l'espoir tenace d'une éventuelle promotion à la flotte de Ravenne[30], s'il avait de bons amis à Rome et s'il survivait à l'épouvantable climat. Ou bien imaginez un citoyen jeune et honorable, en toge : il a peut-être abusé du jeu, allez savoir, et il arrive ici dans la suite de quelque préfet ou d'un collecteur d'impôts ou bien encore de marchands, pour se refaire. Se retrouver dans un marécage, marcher à travers bois et, dans quelque poste à l'intérieur des terres, sentir que la barbarie, la barbarie totale s'est refermée sur lui, toute cette vie mystérieuse de la nature sauvage qui s'agite dans la forêt, dans les jungles, dans les cœurs des hommes sauvages. Et il n'y a aucune initiation possible à de tels mystères. Il lui faut vivre au milieu de l'incompréhensible, ce qui est également détestable. Mais qui est fascinant aussi et se met à le travailler. La fascination de l'abominable, vous savez ; imaginez les regrets croissants, l'envie lancinante de s'échapper, le dégoût impuissant, la capitulation, la haine[31]. »

Il s'interrompit.

« Remarquez », reprit-il en levant un avant-bras, la paume de la main vers l'extérieur, si bien qu'avec ses jambes croisées, il avait l'attitude d'un Bouddha qui prêcherait vêtu à l'européenne et sans fleur de lotus, « remarquez, aucun de nous ne ressentirait exactement cela. Ce qui nous sauve, c'est l'efficacité, l'amour de l'efficacité. Mais ces gars n'avaient pas beaucoup d'importance en réalité. Ce n'étaient pas des colonisateurs[32]; ils administraient moins qu'ils ne pressuraient. Je soupçonne qu'en fait d'administration, ils se contentaient d'exactions et rien de plus. C'étaient des conquérants et pour ça il ne faut que de la force brute ; pas de quoi se vanter quand vous la possédez puisque votre puissance n'est qu'un accident engendré par la faiblesse d'autrui. Ils s'emparaient de ce qui leur tombait sous la main, par principe. Ce n'était que du vol à main armée, le meurtre sans circonstances atténuantes et sur une grande échelle, et les hommes y allaient les yeux fermés, comme il convient d'ailleurs quand on s'empoigne avec les ténèbres. La conquête de la terre, qui signifie le plus souvent qu'on en dépouille ceux qui n'ont pas la même couleur ou qui ont le nez un peu plus aplati que nous, n'a rien de très joli[33] quand on y regarde de près. Il n'y a pour la racheter que l'idée. Une idée derrière la conquête; non pas une feinte sentimentalité mais une idée; et une foi désintéressée en l'idée, ce que vous placez au-dessus de vous, devant quoi vous pouvez vous incliner et à quoi vous pouvez offrir un sacrifice... »

Il se tut. Des flammes glissaient sur le fleuve, des petites flammes vertes, des flammes rouges, des flammes blanches qui se poursuivaient, se doublaient, se rejoignaient, se croisaient puis se séparaient, lentement ou précipitamment. Le commerce de la grande cité continuait dans la nuit qui se faisait plus profonde sur le fleuve qui ne dormait pas. Nous regardions toujours, nous attendions patiemment, il n'y avait rien d'autre à faire jusqu'au reflux; mais ce ne fut qu'après un long silence, quand il dit, la voix hésitante : « Vous vous souvenez sans doute, les gars, de la fois où je me suis fait marin d'eau douce pour un temps », que nous comprîmes : nous étions condamnés, avant que la marée ne tourne, à entendre Marlow raconter l'un des épisodes peu concluants de sa vie.

« Je ne veux pas vous ennuyer avec ce qui m'est arrivé personnellement », commença-t-il, témoignant ainsi de cette faiblesse commune à bien des conteurs qui semblent si souvent ne pas se rendre compte de ce que leur auditoire aspire le plus à entendre. « Mais pour comprendre l'effet de tout cela sur moi, il faut savoir comment je me suis retrouvé là-bas, ce que j'ai vu, comment j'ai remonté ce fleuve jusqu'à l'endroit où j'ai rencontré pour la première fois ce pauvre type. C'était l'ultime point accessible à la navigation et ce fut le point culminant de mon expérience[34]. Bizarrement, elle a projeté une sorte de lumière sur tout, semble-t-il, autour de moi et dans mes pensées. C'était pourtant bien sombre, et pitoyable, ce n'était en rien extraordinaire, pas très clair non plus. Non, pas très clair. Mais quand même il y a eu comme une sorte de lumière.

« Je venais alors, vous vous en souvenez, de rentrer à Londres après pas mal d'océan Indien, de Pacifique, de mer de Chine, l'Orient[35] à haute dose pendant environ six ans, et je flemmardais. Vous, les gars, je vous gênais dans votre travail et je faisais intrusion chez vous, tout comme si j'avais reçu la mission divine[36] de vous civiliser. Ce fut parfait pendant un temps mais, après, je me suis lassé de me reposer. Alors j'ai commencé à me chercher un bateau et il n'y a probablement pas d'affaire plus ardue. Les bateaux, eux, n'avaient aucune envie de me trouver. Et je me suis fatigué de ce jeu-là comme du reste.

« Or quand j'étais gosse, j'avais la passion des cartes. Il m'arrivait de contempler pendant des heures l'Amérique du Sud, ou l'Afrique, ou l'Australie, et de m'abandonner à des rêves grandioses d'exploration. À l'époque, il y avait un grand nombre de vides[37] sur la terre et, quand j'en voyais un qui avait l'air particulièrement tentant sur une carte (ils en avaient tous l'air, à vrai dire), je posais le doigt dessus et je me disais : "Quand je serai grand, j'irai là[38]." Je me souviens que le pôle Nord était du nombre. Eh bien, je n'y suis pas encore allé et ce n'est pas aujourd'hui que je vais essayer. Le charme est rompu. Il y avait d'autres endroits éparpillés à proximité de l'équateur, et sous toutes sortes de latitudes partout dans les deux hémisphères. J'en ai vu certains et… mieux vaut laisser cela. Mais il y en avait encore un, le plus grand, le plus vide si j'ose dire, qui m'attirait toujours autant.

« En réalité, à ce moment-là, ce n'était plus un vide. Depuis mon enfance, l'espace avait eu le temps de se remplir de rivières, de lacs, de noms. Ce n'était plus un espace vide et merveilleux de mystère, une étendue faite pour inspirer des rêves grandioses à un jeune garçon. C'était devenu un lieu de ténèbres. Mais il contenait un fleuve[39] en particulier, un fleuve grand et puissant qui apparaissait sur la carte, tel un immense serpent déroulé, la tête dans la mer, le corps immobile et incurvé sur un vaste pays et la queue perdue loin à l'intérieur des terres. Comme je contemplais cette carte dans une vitrine, il se mit à m'hypnotiser comme un serpent hypnotiserait un oiseau, un idiot de petit oiseau. Puis je me souvins qu'il y avait une grosse entreprise, une compagnie commerciale[40] sur ce fleuve. "Nom d'un chien, me dis-je, ils ne peuvent pas faire du commerce sans utiliser des embarcations quelconques avec autant d'eau douce… des bateaux à vapeur ! Pourquoi ne pas essayer d'obtenir le commandement de l'un d'eux[41] ?" Je poursuivis mon chemin le long de Fleet Street[42], mais je ne pouvais me débarrasser de cette idée. Le serpent m'avait ensorcelé.

« Vous avez deviné que cette société commerciale était une entreprise continentale, mais j'ai des tas de parents qui vivent sur le Continent parce que c'est bon marché et moins déplaisant que ça n'en a l'air, d'après eux.

« Je suis au regret d'avouer que je me mis à les harceler. Ce qui était nouveau en soi. Il n'était pas dans mes habitudes, vous savez, d'obtenir ainsi ce que je voulais. Je suivais toujours ma propre route et par mes propres moyens pour atteindre la destination que j'avais choisie. Je n'aurais pas cru cela de moi mais à cette époque, voyez-vous, j'avais le sentiment qu'il me fallait rallier cet endroit coûte que coûte. Je les ai donc harcelés. Les hommes disaient : "Mon cher ami" et ne faisaient rien. Alors, le croiriez-vous, j'ai essayé les femmes. Moi, Charlie Marlow, je me suis servi des femmes pour obtenir un emploi. Grands dieux ! Enfin, c'était cette obsession qui me tenait, vous comprenez. J'avais une tante[43], une brave femme pleine d'enthousiasme. Elle m'écrivit : "Ce sera merveilleux. Je suis prête à faire tout ce que je pourrai, absolument tout, pour t'aider. C'est une idée magnifique. Je connais la femme d'un personnage très haut placé dans l'Administration, et aussi un homme qui a beaucoup d'influence sur...", etc., etc. Elle était résolue à remuer ciel et terre pour me faire nommer patron sur un vapeur d'eau douce si telle était ma fantaisie.

« J'eus le poste – bien entendu – et très rapidement. Apparemment, la Compagnie avait appris qu'un de ses capitaines avait été tué lors d'une échauffourée avec les indigènes. C'était ma chance et cela me rendit encore plus impatient de partir. C'est seulement de longs mois après, en cherchant ce qui restait du corps, que j'appris l'origine de la querelle, un malentendu à propos de poules. Mais oui, deux poules noires. Fresleven (c'était le nom de ce type, un Danois) s'était estimé lésé dans ce marché pour une raison quelconque, si bien qu'il était descendu à terre pour bâtonner le chef du village à bras raccourcis.

« Oh, je ne fus pas le moins du monde surpris quand on me raconta cela, et aussi que Fresleven était l'homme le plus doux et le plus calme que la terre eût jamais porté. Il l'était sans aucun doute. Mais cela faisait déjà deux ans environ qu'il était là-bas au service de cette noble cause ; alors, vous savez, il a probablement fini par ressentir le besoin d'affirmer sa dignité personnelle d'une manière ou d'une autre. C'est pourquoi il a tabassé le vieux nègre sans pitié, sous les yeux horrifiés des villageois rassemblés en foule, jusqu'au moment où un homme, le fils du chef, m'a-t-on dit, poussé au désespoir par les hurlements du vieux, a esquissé un coup de lance en direction de l'homme blanc et, naturellement, la pointe s'est enfoncée sans difficulté entre ses omoplates. Instantanément, la population entière s'est égaillée dans la forêt, s'attendant à toutes sortes de calamités, tandis que, de son côté, le vapeur de Fresleven partait aussi dans la panique, sous les ordres, je crois, du mécanicien. Après quoi, personne ne sembla s'inquiéter beaucoup des restes de Fresleven jusqu'à ce que j'arrive pour prendre sa suite[44]. Je ne pouvais quand même pas en rester là. Mais quand j'eus enfin l'occasion de rencontrer mon prédécesseur, l'herbe qui lui poussait entre les côtes était assez haute pour cacher ses os. Pas un ne manquait. Personne n'avait touché à cet être surnaturel une fois tombé. Et le village était abandonné, les cases béantes, vides et noires, pourrissaient, toutes de guingois entre les palissades écroulées. Une calamité s'était bien abattue, cela ne faisait aucun doute. Les gens avaient disparu.

« En proie à une folle terreur, les hommes, les femmes et les enfants s'étaient éparpillés dans la brousse et n'étaient jamais revenus. Ce qu'il advint des poules, je ne le sais pas non plus. Je pense que de toute manière, la Cause du Progrès dut les rattraper. Toujours est-il que c'est grâce à cet épisode glorieux que j'obtins le poste avant même d'avoir commencé à vraiment compter dessus.

« Je me démenai comme un fou[45] pour me préparer et, moins de quarante-huit heures plus tard, je traversais la Manche pour me présenter à mes employeurs et signer le contrat. Au bout de quelques heures, j'arrivai dans une cité qui me fait toujours penser à un sépulcre blanchi[46]. Un préjugé certainement. Je n'eus pas de mal à trouver les bureaux de la Compagnie. C'était le plus gros machin de la ville et tous ceux que je rencontrais en avaient plein la bouche. Ils allaient diriger un empire d'outre-mer et faire des fortunes par le négoce.

« Une rue étroite et déserte, très sombre, des maisons hautes, d'innombrables fenêtres aux stores vénitiens, un silence de mort, de l'herbe qui poussait entre les pavés, d'imposantes portes cochères à droite et à gauche, d'immenses et lourdes portes aux doubles battants entrouverts. Je me suis glissé par un de ces entrebâillements, j'ai gravi un escalier balayé, sans tapis, aride comme un désert, et j'ai ouvert la première porte que j'ai vue. Deux femmes, une grasse et une mince, étaient assises sur des chaises paillées et tricotaient de la laine noire[47]. La mince s'est levée et s'est dirigée droit sur moi, les yeux toujours baissés sur son tricot, et juste au moment où je songeais à m'écarter de son chemin comme devant un somnambule, elle s'est arrêtée et m'a regardé. Elle portait une robe seyante comme un fourreau de parapluie et, sans un mot, elle tourna les talons pour me conduire dans une antichambre. Je donnai mon nom et regardai alentour. Une table en bois blanc au milieu et, tout autour, des chaises très simples rangées le long des murs ; à un bout, une grande carte brillante portant des indications de toutes les couleurs de l'arc-en-ciel. Il y avait beaucoup de rouge (une couleur toujours réconfortante à voir parce qu'on sait que là s'accomplit du vrai travail), un fichu paquet de bleu, un peu de vert, des traces d'orange et, sur la côte est, une bande violette pour indiquer où les pétillants pionniers du progrès boivent leur pétillante bière blonde. Mais ce n'était pas du tout là que j'allais. Moi, j'allais dans le jaune. En plein milieu. Et le fleuve était là, fascinant, mortel, comme un serpent. Brr ! Une porte s'est ouverte, laissant apparaître une tête de secrétaire à cheveux blancs mais à la mine compatissante, et un index maigrichon m'a invité à pénétrer dans le sanctuaire. La lumière y était chiche et, au centre, trônait un lourd bureau. De derrière ce monument émergeait une impression plutôt qu'un homme : c'était pâle et rond et ça portait redingote. C'était le grand homme en personne. D'après moi, il mesurait cinq pieds six pouces[48] mais, d'une poigne d'acier, il contrôlait je ne sais combien de millions. Il m'a, je crois, serré la main, a vaguement murmuré quelque chose, trouvé mon français satisfaisant. *Bon voyage.*

« Environ quarante-cinq secondes après, j'étais de retour dans l'antichambre avec le secrétaire compatissant qui, plein de tristesse et de commisération, me fit signer certain document. Je m'engageais, semble-t-il, entre autres choses à ne trahir aucun secret[49] commercial. Eh bien, ce n'est pas dans mes intentions.

« Je commençais à me sentir vaguement mal à l'aise. Vous savez que je n'ai pas l'habitude de ce genre de cérémonies et il y avait quelque chose de menaçant dans l'atmosphère. Je me donnais l'impression d'avoir été attiré dans un complot, je ne sais pas, quelque chose de pas tout à fait régulier, et je fus content de sortir. Dans la première pièce, les deux femmes tricotaient toujours fébrilement leur laine noire. Des visiteurs arrivaient et la plus jeune faisait la navette pour les introduire. La vieille restait assise sur sa chaise. Ses pantoufles plates en lisière[50] étaient calées contre une chaufferette et sur ses genoux reposait un chat. Elle portait sur la tête une espèce de coiffe empesée, elle avait une verrue sur une joue, et des verres cerclés d'argent en équilibre au bout du nez. Elle me jeta un coup d'œil par-dessus ses lunettes. Ce regard rapide, d'une indifférence placide, me troubla. C'était au tour de deux jeunes à l'air sot et ravi, et elle leur jeta le même coup d'œil, empreint de sagesse imperturbable. Elle semblait tout savoir d'eux et de moi. Un sentiment sinistre me submergea. Elle semblait un oiseau de mauvais augure. Quand j'étais là-bas, il m'est souvent arrivé de repenser à ces deux-là, les gardiennes de la porte des Ténèbres, qui tricotaient de la laine noire comme pour un linceul bien chaud : l'une qui introduisait inlassablement dans l'inconnu, et l'autre qui scrutait de ses yeux usés et indifférents les visages ravis et sots. *Ave !* vieille tricoteuse de laine noire, *morituri te salutant*[51]. Bien peu de ceux qu'elle a regardés l'ont revue : pas la moitié, tant s'en faut !

« Il y avait encore une visite médicale. "Simple formalité", m'assura le secrétaire comme s'il prenait une part énorme à mes malheurs. C'est pourquoi un jeune type, le chapeau incliné sur le sourcil gauche, un commis, je suppose (il devait bien y avoir des commis, encore que l'immeuble fût aussi silencieux qu'une maison dans la cité des morts), arriva de quelque part dans les étages pour me guider. Il était mal mis et peu soigné. On voyait des taches d'encre sur les manches de son veston. Sa large cravate bouillonnait sous un menton en galoche. Comme il était un peu trop tôt pour le docteur, je proposai un verre, sur quoi son humeur se fit joviale. Tandis que nous étions attablés devant un vermouth, il se mit à porter aux nues les affaires de la Compagnie, si bien que je finis par m'étonner en passant de ce que lui-même ne se lançât pas dans le voyage. Instantanément, il retrouva ses esprits et son calme. "Je ne suis pas aussi bête que j'en ai l'air[52], dit Platon à ses disciples", fit-il sentencieux, avant de vider son verre résolument. Nous nous levâmes.

« Le vieux docteur me prit le pouls, en pensant manifestement à autre chose. "Ça va bien, ça ira bien pour là-bas", marmonna-t-il avant de me demander non sans avidité si j'accepterais qu'il me mesure le crâne[53]. Assez surpris, j'eus à peine le temps de dire oui qu'il sortait un instrument semblable à un compas et se mettait à prendre mes mesures devant, derrière et dans tous les sens, en les notant soigneusement au fur et à mesure. C'était un petit homme mal rasé, vêtu d'un manteau usé jusqu'à la corde qui tenait de la houppelande[54], chaussé de pantoufles, et pour moi ce n'était qu'un pauvre imbécile. "Je demande toujours, dans l'intérêt de la science, à mesurer les crânes de ceux qui s'en vont là-bas", dit-il. "Et aussi quand ils reviennent?" demandai-je. "Oh, je ne les vois jamais et puis, vous savez, c'est à l'intérieur qu'ont lieu les transformations", remarqua-t-il. Il sourit comme d'une bonne petite plaisanterie. "Alors, vous allez là-bas. Épatant. Et intéressant." Il me jeta un coup d'œil pénétrant et nota encore quelque chose. "Des cas de folie dans votre famille?" demanda-t-il d'un ton neutre. Je sentis l'énervement me gagner : "Ça aussi, vous le demandez dans l'intérêt de la science?" "Ce serait intéressant pour la science, dit-il sans remarquer mon irritation, d'observer les transformations mentales des individus sur place, mais..." "Êtes-vous aliéniste?" interrompis-je. "Tout médecin se devrait de l'être un peu, répondit cet original imperturbable. J'ai une petite théorie que vous, les messieurs qui partez là-bas, devez m'aider à prouver. Ceci est ma participation aux bénéfices que mon pays va retirer de la colonie magnifique qu'il possède là. Les richesses, je les laisse aux autres. Excusez mes questions, mais vous êtes le premier Anglais qu'il me soit donné d'examiner..." Je m'empressai de lui affirmer que je n'avais rien de typique. "Car si c'était le cas, lui dis-je, je ne serais pas en train de bavarder ainsi avec vous." "Ce que vous dites ne manque pas de profondeur mais c'est probablement erroné, dit-il en riant. Évitez l'irritation plus que l'exposition au soleil. Adieu. Comment dites-vous, vous autres les Anglais, hein ? *Good-bye*, ah oui, c'est ça. Adieu. Sous les tropiques, ce qui compte avant tout, c'est de garder son calme..." Il leva un index en signe d'avertissement : "Du calme, du calme. Adieu."

« Il me restait une dernière chose à faire : mes adieux à ma brave tante. Je la trouvai triomphante. Je pris le thé (la dernière tasse de thé convenable que je devais boire de longtemps) et – dans un salon qui de la façon la plus apaisante qui soit ressemblait en tout point à ce qu'on attend du salon d'une dame – nous bavardâmes longuement et paisiblement au coin du feu. Au cours de ces confidences, il m'apparut très clairement qu'on m'avait fait passer aux yeux de l'épouse du haut dignitaire, et Dieu sait de combien d'autres en plus, pour un individu exceptionnellement doué – une aubaine extraordinaire pour la Compagnie, un homme comme on n'en trouve pas tous les jours. Bonté divine ! Et dire que j'allais prendre le commandement d'un vapeur de quatre sous nanti d'un rossignol à deux sous[55] !

« Mais apparemment, j'étais aussi l'un des Missionnaires, avec un M majuscule, s'il vous plaît. Un peu comme un émissaire de lumière, un peu comme un apôtre de rang inférieur. Précisément à cette époque, pas mal de bêtises de cet acabit[56] avaient circulé dans les journaux et dans les conversations et, vivant sous l'avalanche de ces foutaises, l'excellente femme s'était trouvée emportée. Elle me parla de "libérer ces millions d'ignorants de leurs horribles mœurs" au point, je vous jure, de me mettre très mal à l'aise. Je me risquai à rappeler que c'était le profit qui motivait la Compagnie.

« "Mais tu oublies, mon bon Charles, que le prêtre doit bien vivre de l'autel", dit-elle avec entrain. C'est étrange comme les femmes perdent facilement de vue les réalités. Elles vivent dans un monde à elles, qui n'a jamais existé et n'existera jamais. Il est bien trop beau et si elles avaient la possibilité de le réaliser, il s'écroulerait en miettes avant le premier coucher de soleil. L'un de ces fichus obstacles dont nous autres, hommes, nous sommes accommodés dès le premier jour de la Création, surgirait pour renverser tout l'édifice.

« Après quoi on m'a embrassé, on m'a recommandé de porter de la flanelle, de ne pas oublier d'écrire régulièrement, etc., et je suis parti. Dans la rue, sans savoir pourquoi, j'eus le sentiment d'être un imposteur. Bizarre tout de même que moi, qui partais pour n'importe où en vingt-quatre heures et en me posant moins de questions que la plupart des hommes avant de traverser une rue, j'aie marqué un temps, je ne dirai pas d'hésitation, mais d'arrêt, alarmé à la veille de ce voyage somme toute banal. Pour vous expliquer le mieux possible ce que j'ai ressenti, disons que pendant quelques secondes, il m'a semblé que ce n'était pas au centre d'un continent que je m'apprêtais à aller, mais au centre de la terre.

« Je suis parti sur un vapeur français[57] qui s'est arrêté dans tous les satanés ports qu'ils ont là-bas, tous sans exception et dans le seul but, pour autant que je puisse en juger, de débarquer des soldats et des douaniers. Je contemplais la côte. Contempler une côte qui défile devant un navire, c'est comme penser à une énigme. La voilà sous vos yeux, souriante, maussade, engageante, splendide, minable, insipide ou sauvage, mais toujours muette, avec cet air de chuchoter : "Viens voir par toi-même." Celle-là était presque dépourvue d'expression, comme si elle n'était pas terminée, avec un aspect monotone et lugubre. L'orée d'une jungle colossale, d'un vert si sombre qu'elle en était presque noire, ourlée d'écume blanche, formait une ligne droite, comme tirée à la règle, qui bordait à perte de vue une mer bleue dont le scintillement se trouvait estompé par une brume rampante. Le soleil était torride, la terre semblait luire et dégoutter de vapeur. Çà et là, des amas de points blanc-gris émergeaient de l'écume blanche, surmontés parfois d'un drapeau. Des comptoirs vieux de plusieurs siècles et toujours aussi petits que des têtes d'épingles sur le vaste arrière-plan de terre vierge. On avançait pesamment, on s'arrêtait, on débarquait des soldats ; on repartait, on débarquait des douaniers qui prélevaient des droits[58] en des lieux qui semblaient des déserts oubliés de Dieu avec, perdus au milieu, un hangar en tôle et un mât de drapeau ; on débarquait d'autres soldats, sans doute pour protéger les commis aux douanes. Certains, paraît-il, se noyèrent dans le ressac, mais, vrai ou non, personne n'eut l'air de s'en soucier particulièrement. On se contentait de les lâcher là et on continuait. Jour après jour, la côte semblait la même, comme si nous n'avions pas bougé ; mais nous dépassions divers ports, des ports de commerce, nommés Grand-Bassam ou Petit-Popo[59], des noms qui semblaient sortir d'une farce sordide jouée sur une toile de fond sinistre. Mon désœuvrement de passager, mon isolement parmi tous ces hommes avec lesquels je n'avais rien en commun, l'alanguissement de cette mer d'huile, le caractère sombre et uniforme de la côte, tout semblait m'interdire la vérité des choses, j'étais pris au piège d'une hallucination funèbre et insensée. La voix du ressac, de temps à autre, était un vrai plaisir, comme la parole d'un frère. C'était quelque chose de naturel qui avait sa raison d'être, qui avait une signification. Parfois, un bateau se détachait du rivage et procurait un bref contact avec la réalité, une pirogue conduite par des Noirs. De loin, on voyait le blanc de leurs yeux qui luisait. Ils criaient, ils chantaient ; leurs corps ruisselaient de sueur et les visages de ces gars semblaient des masques grotesques. Mais ils étaient solides, tout en muscles, d'une vitalité sauvage, d'une intense énergie de mouvements qui était aussi vraie et naturelle que le ressac bordant la côte de leur pays. Ils n'avaient pas besoin d'excuse pour être là. Ils étaient réconfortants à voir. Et pour un temps, j'avais le sentiment d'appartenir encore à un monde où les réalités étaient simples, mais cela ne durait pas.

« Quelque chose arrivait et le sentiment, effarouché, s'évanouissait. Un jour, je me souviens, nous sommes tombés sur un bateau de guerre ancré au large de la côte. À cet endroit, il n'y avait pas même un hangar, mais le navire bombardait la brousse. Apparemment, les Français menaient une de leurs guerres[60] dans le coin. Le pavillon pendouillait comme une chiffe. Toute la coque basse était hérissée par les gueules des longs canons de six pouces. La houle grasse et gluante le soulevait nonchalamment et le laissait retomber avec une oscillation de ses mâts grêles. Dans cette immensité vide de terre, de ciel et d'eau, il se tenait là, incompréhensible, et canonnait un continent. Boum ! faisait l'une des pièces, et une petite flamme de s'élancer et de disparaître, un minuscule projectile de crisser faiblement, et puis… rien ne se passait. Rien ne pouvait se passer. Le procédé donnait une impression de folie, le spectacle un sentiment de lugubre drôlerie qui ne se dissipèrent pas, au contraire, lorsque quelqu'un à bord m'assura très sérieusement qu'il y avait un camp d'indigènes (d'ennemis, selon son expression) dissimulé quelque part.

« Nous lui avons remis ses lettres, à ce navire solitaire (j'appris que les hommes mouraient de fièvre à raison de trois par jour), et nous avons continué. Nous nous sommes encore arrêtés dans des endroits aux noms grotesques où la joyeuse ronde de la mort et du commerce se poursuit dans une atmosphère torride et terreuse comme celle d'une catacombe surchauffée ; et toujours cette côte informe et son ressac dangereux, comme si la nature elle-même avait tenté de repousser les intrus ; et ces fleuves que nous avons pris et quittés : courants de mort dans la vie, dont les berges tombaient en boue, dont les eaux alourdies de vase[61] envahissaient les palétuviers tourmentés qui semblaient se tordre vers nous sous l'emprise d'un désespoir extrême et impuissant. Nulle part nous ne restions assez longtemps pour nous faire une impression particulière, mais je sentais monter en moi un sentiment général de stupeur vague et oppressante.

C'était comme un pèlerinage morne, émaillé à chaque pas de cauchemars.

« Ce n'est qu'après plus de trente jours que je découvris l'embouchure du grand fleuve. Nous mouillâmes au large du siège du gouvernement. Mais j'étais encore à deux cents miles[62] de mon lieu de travail, aussi m'empressai-je de partir pour un endroit situé à trente miles[63] en amont.

« Je fis le trajet sur un petit vapeur de mer. Le capitaine était un Suédois qui, me sachant marin, m'invita sur la passerelle. C'était un jeune homme maigre, blond et morose, au cheveu plat et à la démarche traînante. Quand nous quittâmes le misérable petit quai, il eut un mouvement de tête dédaigneux en direction du rivage :

« "Vous y avez vécu ?"

« "Oui."

« "Une jolie bande, ces types du gouvernement, vous ne croyez pas ?" poursuivit-il dans un anglais parfaitement précis et chargé d'amertume[64]. "C'est drôle ce que les gens sont prêts à faire pour quelques francs par mois. Je me demande ce que donne pareille engeance en s'enfonçant dans les terres." Je lui dis que j'allais probablement le découvrir sous peu. "Ah, ah !" s'exclama-t-il. Il s'écarta en traînant les pieds sans pour autant cesser de surveiller attentivement la route. "N'en soyez pas trop sûr, continua-t-il, l'autre jour, j'ai embarqué un homme qui s'est pendu pendant le voyage. Et c'était un Suédois." "Pendu ? mais pourquoi, mon Dieu ?" Il ne se départit pas de sa vigilance : "Qui sait ? Il ne supportait pas le soleil, ou alors le pays."

« Enfin, nous débouchâmes sur une anse. Une falaise rocheuse apparut, des monticules de terre retournée près de la rive, des maisons sur une colline, des toitures en tôle, parmi le chaos des excavations ou accrochées au versant. Le bruit continuel des rapides en amont planait sur ce paysage de dévastation habitée. Une foule de gens, pour la plupart noirs et nus, s'agitaient comme des fourmis. Une jetée s'avançait dans le fleuve. Un soleil aveuglant submergeait par instants l'ensemble quand il redoublait brutalement d'éclat. "C'est le poste de votre Compagnie", dit le Suédois en me désignant, sur la pente rocheuse, trois constructions en bois qui tenaient de la caserne. "Je vais faire monter vos affaires. C'est bien quatre malles ? Bon. Adieu."

« Je passai près d'une chaudière renversée dans l'herbe, puis je trouvai un sentier qui grimpait vers la colline. Il faisait des lacets pour éviter les rochers et aussi un wagon de chemin de fer miniature qui gisait là, sur le dos, les roues en l'air. Il en manquait une. Cette chose avait l'air aussi morte qu'une carcasse d'animal. Je tombai sur d'autres mécanismes délabrés, un tas de rails rouillés. À gauche, un bouquet d'arbres faisait un coin d'ombre où semblaient s'agiter faiblement des choses ténébreuses. Je clignai des yeux, le sentier était raide. Une sirène retentit sur ma droite et je vis les Noirs se mettre à courir. Une forte et sourde détonation fit trembler le sol, un peu de fumée sortit de la falaise et ce fut tout. Aucun changement n'apparut sur la surface du rocher. Ils construisaient un chemin de fer[65]. La falaise ne gênait en aucune façon, mais les seuls travaux en cours se réduisaient à ces tirs de mines sans objet.

« Un léger cliquetis, derrière moi, me fit tourner la tête. Six Noirs gravissaient péniblement le sentier sur une seule file. Ils marchaient très droits, à pas lents, des petits paniers pleins de terre en équilibre sur la tête et au rythme du cliquetis. Ils avaient autour des reins des chiffons noirs, dont l'extrémité s'agitait en cadence par-derrière comme une queue. On leur voyait toutes les côtes, leurs articulations ressemblaient à des nœuds sur une corde. Chacun portait un collier de fer autour du cou et ils étaient reliés les uns aux autres par une chaîne dont les maillons se balançaient entre eux et cliquetaient en cadence. Une autre explosion en provenance de la falaise me rappela brutalement ce bateau de guerre que j'avais vu faire feu sur un continent. C'était le même genre de voix et de menace. Mais ces hommes-là, même avec un gros effort d'imagination, on ne pouvait pas les appeler des ennemis[66]. On les appelait des criminels et, à l'instar des bombes et des explosions, la loi outragée leur était tombée dessus : mystère insoluble en provenance de la mer. Toutes ces poitrines maigres haletaient de concert ; les narines violemment dilatées palpitaient, les yeux fixaient froidement la côte à gravir. Ils passèrent à moins de six pouces[67] de moi sans un regard, dans une indifférence complète, cette indifférence de mort des sauvages malheureux. Derrière cette matière brute[68], l'un des barbares amendés par les nouvelles forces à l'œuvre déambulait sans entrain, tenant un fusil par le milieu. Il manquait un bouton à la veste de son uniforme et, quand il vit un homme blanc sur le sentier, il remonta vivement l'arme sur son épaule. C'était par simple prudence car de loin les Blancs se ressemblent tellement qu'il ne pouvait savoir qui j'étais. Il fut vite rassuré. Le coquin me sourit alors de toutes ses dents et, avec un coup d'œil en direction de ses prisonniers, il sembla m'associer à sa haute mission. Après tout, j'appartenais aussi à la grande cause de ces nobles et justes procédés.

« Au lieu de continuer, je fis demi-tour et descendis sur ma gauche. Je voulais donner à cette chaîne de forçats le temps de disparaître avant d'escalader la colline. Vous savez que je ne suis pas particulièrement tendre. J'ai eu l'occasion de donner et de parer des coups. J'ai dû résister et attaquer parfois, ce qui n'est d'ailleurs qu'une autre façon de résister, et je l'ai fait sans compter, selon les exigences du mode de vie qui par la force des choses est devenu le mien. J'ai côtoyé le démon de la violence, le démon de la cupidité et le démon du désir brûlant ; mais bon sang, c'étaient de puissants démons, vigoureux, l'œil rouge et c'étaient des hommes qu'ils faisaient danser à leur guise, des hommes, vous comprenez. Mais là, sur ce flanc de colline, je sus que sous le soleil aveuglant de cette terre, j'allais faire la connaissance d'un autre démon, inconsistant, prétentieux, l'œil terne, le démon d'une folie avide et sans pitié. Quant à l'étendue de sa traîtrise, il me faudrait pour la découvrir attendre plusieurs mois et aller mille miles[69] plus loin. Quelques instants je restai là comme horrifié par un avertissement et puis je descendis la colline en biais vers les arbres que j'avais vus.

« J'évitai un vaste trou artificiel qu'on avait creusé à mi-pente, dont la destination m'échappa. En tout cas, ce n'était ni une carrière ni une sablonnière. C'était juste un trou. Il avait peut-être un rapport avec le désir philanthropique de donner aux criminels quelque chose à faire. Je ne sais pas. Et puis je faillis tomber dans un ravin très étroit, à peine une balafre sur le flanc de la colline. Je découvris qu'on y avait jeté en vrac tout un lot de tuyaux de drainage importés pour le village. Pas un n'était intact. C'était un gâchis absurde. Enfin, j'arrivai sous les arbres. J'avais l'intention de me promener à l'ombre un moment, mais à peine y étais-je que j'eus l'impression d'avoir pénétré dans le cercle sinistre de quelque Enfer[70]. Les rapides étaient proches et le bruit ininterrompu, uniforme, de la chute d'eau impétueuse dans le calme désolé du bosquet, que n'agitait pas un souffle, où pas une feuille ne bougeait, produisait un son mystérieux, comme si le mouvement vertigineux de la Terre dans l'espace s'était soudain fait entendre.

« Des formes noires étaient accroupies, allongées, assises entre les arbres, appuyées aux troncs, accrochées à la terre, à demi révélées, à demi effacées par la faible lumière, dans toutes les attitudes de la souffrance, de l'abandon et du désespoir. Une autre mine fut tirée sur la falaise, suivie par un léger frémissement du sol sous mes pieds. Le travail se poursuivait. Le travail ! Et ceci était l'endroit où certains manœuvres s'étaient retirés pour mourir.

« Ils mouraient lentement, c'était évident. Ce n'étaient ni des ennemis ni des criminels, ils n'avaient plus rien d'humain : ils n'étaient plus que l'ombre noire de la maladie et de la faim, gisant dans la pénombre verdâtre. Amenés des coins les plus reculés de la côte en toute légalité, sous contrat temporaire, perdus dans un milieu qui n'était pas le leur, soumis à un régime inaccoutumé, ils tombaient malades, perdaient leur efficacité : ils recevaient alors la permission de cesser le travail et d'aller se traîner ailleurs. Ces formes moribondes étaient libres comme l'air et presque aussi légères. Je commençai à distinguer l'éclat des yeux sous les arbres. Puis, abaissant mon regard, je vis près de ma main un visage. La carcasse noire gisait de tout son long, une épaule appuyée à l'arbre : lentement, les paupières se soulevèrent et les yeux enfoncés se levèrent dans ma direction, énormes et vides, une sorte d'étincelle blanche et aveugle au fond des orbites[71], qui s'éteignit lentement. L'homme semblait jeune, presque un adolescent, mais avec eux c'est difficile à dire, vous savez. Je ne trouvai rien de mieux à faire que lui offrir un des biscuits de mer de mon bon Suédois, que j'avais en poche. Les doigts se refermèrent lentement sur le biscuit : il n'y eut pas d'autre mouvement, pas d'autre regard. Un brin de laine blanche était noué autour de son cou. Pourquoi ? Où l'avait-il trouvé ? Était-ce un symbole, un ornement, un charme, un acte propitiatoire ? Une idée quelconque s'y rapportait-elle ? C'était surprenant autour de son cou noir, ce petit morceau de fil blanc d'au-delà les mers.

« Près du même arbre, deux autres paquets d'angles aigus étaient assis, les genoux repliés. L'un d'eux, le menton appuyé sur les genoux, regardait le vide d'une façon insupportable, effroyable ; son fantôme jumeau reposait son front, comme accablé par une grande lassitude ; et d'autres étaient disséminés alentour dans toutes les postures de l'effondrement et de la convulsion, comme s'ils posaient pour une scène de massacre ou de peste. Tandis que je restais là frappé d'horreur, l'une de ces créatures se souleva sur les mains et les genoux[72] et se dirigea à quatre pattes vers le fleuve pour boire. Il lapa de l'eau dans sa main puis se redressa pour s'asseoir au soleil, en tailleur, et un instant plus tard, il laissa retomber sa tête laineuse sur sa poitrine.

« Je n'avais plus aucune envie de me promener sous les ombrages et je me hâtai vers le poste. Quand j'arrivai près des bâtiments, je rencontrai un Blanc d'une élégance si incongrue que je crus tout d'abord à un mirage. Je vis un col montant empesé, des manchettes blanches, une veste en alpaga légère, une cravate claire et des bottillons vernis. Pas de chapeau. Des cheveux séparés par une raie, brossés et gominés sous une ombrelle tendue de vert que tenait une grande main blanche. Avec son porte-plume derrière l'oreille, il était stupéfiant.

« J'échangeai une poignée de main avec ce miracle. J'appris que c'était le chef comptable de la Compagnie et que toute la comptabilité s'effectuait dans ce poste. Il était sorti un instant, me dit-il, "pour prendre un peu l'air". L'expression résonnait bizarrement tant elle sentait le gratte-papier sédentaire. Je ne vous aurais même pas parlé de ce gars-là, mais c'est de sa bouche que j'ai entendu mentionner pour la première fois le nom de l'homme[73] qui reste lié de façon si étroite à mes souvenirs de l'époque. Et puis je le respectais, ce type, oui, je respectais ses cols, ses larges manchettes, ses cheveux plaqués. Certes, il tenait du mannequin de coiffeur, mais dans ce pays très démoralisé, il sauvait les apparences. Ça, c'est avoir du caractère[74]. Ses cols empesés et ses plastrons apprêtés étaient autant de victoires de la volonté. Il était là depuis presque trois ans et, par la suite, je ne pus m'empêcher de lui demander comment il réussissait à arborer pareil linge. Un soupçon de rougeur lui monta aux joues et il dit modestement : "Il m'a fallu montrer comment faire à une indigène du poste. Ça n'a pas été facile, elle n'avait pas de goût pour ce travail." Ainsi, cet homme avait véritablement accompli quelque chose. En outre, il était très attaché à ses livres de comptes, qu'il tenait à la perfection.

« Tout le reste dans ce poste était complètement chaotique : les têtes, les choses, les bâtiments. Des colonnes de nègres poussiéreux, les pieds plats, arrivaient et repartaient ; un flot de produits manufacturés, des cotons de mauvaise qualité, de la verroterie, du fil de cuivre qu'on envoyait au fin fond des ténèbres, d'où l'ivoire parvenait en retour au compte-gouttes.

« Je dus attendre dix jours dans ce poste. Une éternité. J'étais logé dans une baraque qui donnait sur la cour mais, pour mettre un peu de distance entre le chaos et moi, j'allais parfois voir le comptable.

Son bureau était fait de planches horizontales si mal jointes[75] que lorsque cet homme était penché sur son haut pupitre, la lumière du soleil dessinait de minces rayures sur lui, du cou aux talons. Il n'y avait pas besoin d'ouvrir les grands volets pour y voir. Et il y régnait une chaleur ! De grosses mouches bourdonnaient diaboliquement : elles ne piquaient pas, elles poignardaient. En général, je m'asseyais par terre tandis que lui, tiré à quatre épingles (et même discrètement parfumé), perché sur un haut tabouret, écrivait. Parfois, il se mettait debout pour prendre de l'exercice. Quand on installa dans ce bureau un malade sur un lit de fortune (quelque agent de l'intérieur du pays), il manifesta une légère contrariété. "Les gémissements de ce malade, dit-il, m'empêchent de me concentrer. Et sans concentration, il est extrêmement difficile d'éviter les erreurs d'écritures sous ce climat."

« Un jour, sans lever la tête, il remarqua : "Dans l'intérieur, vous rencontrerez M. Kurtz, naturellement." Je lui demandai alors qui était ce M. Kurtz et il me répondit que c'était un agent de première classe[76] ; puis, voyant ma déception à cette nouvelle, il ajouta lentement, en posant sa plume : "C'est une personne très remarquable." D'autres questions lui arrachèrent que M. Kurtz était présentement responsable d'un comptoir[77], un comptoir très important, dans le vrai pays de l'ivoire, "tout au fin fond[78]. Il envoie autant d'ivoire que tous les autres réunis..." Il se remit à écrire. L'homme était maintenant trop malade pour gémir ; les mouches bourdonnaient dans une grande paix.

« Soudain, il y eut un brouhaha grandissant de voix et un fort piétinement. Un convoi était arrivé. Un violent clabaudage de sons grossiers éclata de l'autre côté de la cloison en planches. Tous les porteurs parlaient en même temps et, au milieu du vacarme, on entendait la voix lamentable de l'agent-chef qui "y renonçait" pour la vingtième fois de la journée sur un ton larmoyant... Le comptable se leva lentement. "Quel affreux tapage !", dit-il. Il traversa la pièce sans bruit pour aller regarder le malade et en revenant, il me dit : "Il n'entend pas." "Quoi ! Il est mort ?" demandai-je, saisi. "Non, pas encore", répondit-il avec beaucoup de calme[79]. Puis, faisant allusion d'un mouvement de tête au tumulte dans la cour du poste : "Quand on a une comptabilité correcte à tenir, on en vient à détester ces sauvages, à les détester à mort." Il resta pensif un moment. "Quand vous verrez M. Kurtz, reprit-il, dites-lui de ma part que tout ici – il jeta un coup d'œil au bureau – va de façon très satisfaisante. Je n'aime pas lui écrire... Avec les courriers que nous employons, on ne sait jamais dans quelles mains une lettre peut tomber... au Poste Central[80]." Il me dévisagea un instant de ses yeux doux et globuleux. "Oh, il ira loin, très loin, reprit-il. Il sera quelqu'un dans l'Administration avant longtemps. En haut lieu, vous savez, le Conseil, en Europe, on y compte bien."

« Il se remit au travail. Dehors, le bruit avait cessé et, sur le point de sortir quelques minutes plus tard, je m'arrêtai sur le seuil. Dans le bourdonnement continu des mouches, l'agent prêt à rentrer au pays gisait congestionné et sans connaissance; l'autre, penché sur ses livres, tenait la comptabilité bien correcte de transactions parfaitement correctes. Et à cinquante pieds[81] de là, en contrebas, je voyais les cimes immobiles du bosquet de la mort.

« Le lendemain, je quittai enfin ce poste avec un convoi de soixante hommes pour une marche de deux cents miles[82].

« Inutile que je m'attarde là-dessus. Des pistes et encore des pistes : un réseau de pistes martelées qui quadrillent toute la surface vide du pays à travers l'herbe haute, l'herbe brûlée, les broussailles; des pistes qui descendent dans des ravins où il fait froid et qui en ressortent; des pistes qui escaladent des collines pierreuses embrasées de soleil et qui en redescendent; et une solitude, une solitude ! Personne, pas une case. La population avait fui depuis longtemps. Après tout, si une bande de mystérieux nègres armés de toutes sortes d'armes terrifiantes se mettaient brusquement à circuler entre Deal[83] et Gravesend, s'ils attrapaient les péquenots en chemin pour leur faire porter de lourds paquets à leur place, j'imagine que toutes les fermes et tous les cottages se videraient très rapidement[84]. Sauf qu'ici, même les habitations avaient disparu. J'ai cependant traversé plusieurs villages abandonnés. Des murs d'herbe en ruine, ça vous a quelque chose de pathétique et d'enfantin. Jour après jour, le martèlement et le traînement de soixante paires de pieds nus derrière moi, chacune d'elles sous un fardeau de soixante livres. Établir le camp, manger, dormir, lever le camp, repartir. De temps à autre, un porteur mort[85] sous le harnais, reposant dans l'herbe haute près de la piste avec, à son côté, une gourde vide et son long bâton. Un grand silence autour et au-dessus. À l'occasion, dans le calme de la nuit, le frémissement de lointains tam-tams qui diminue et s'enfle, un vaste frémissement à peine audible; son étrange, séduisant, suggestif et sauvage, dont le sens est peut-être aussi profond que celui des cloches en pays chrétien. Un jour, un homme blanc, l'uniforme déboutonné; il campait sur la piste avec une escorte armée de Zanzibaris dégingandés et il fut tout à fait accueillant et jovial... pour ne pas dire soûl. Il s'occupait de l'entretien de la route, déclara-t-il.

« D'après moi, il n'y avait ni route ni entretien, à moins de considérer comme une amélioration définitive le corps d'un Noir d'âge moyen, une balle entre les deux yeux, sur lequel j'ai littéralement buté trois miles[86] plus loin. J'avais aussi un compagnon blanc. Ce n'était pas le mauvais gars mais il était trop gros et il avait la manie exaspérante de s'évanouir sur les pentes brûlantes des collines, à des miles du moindre point d'eau ou d'ombre. C'est agaçant, vous savez, de tenir votre veste comme une ombrelle au-dessus de la tête d'un homme en attendant qu'il revienne à lui. Un jour, je n'ai pas pu m'empêcher de lui demander quelle idée il avait eue de venir dans ce pays. "Celle de l'argent à prendre, que croyez-vous?" me dit-il avec mépris. Et puis il eut la fièvre et il fallut le porter dans un hamac suspendu à une perche. Comme il pesait deux cents livres, j'eus des disputes à n'en plus finir avec les porteurs. Ils renâclaient, prenaient la fuite, s'éclipsaient pendant la nuit avec leurs fardeaux : une vraie mutinerie. Si bien qu'un soir, j'ai fait un discours en anglais, avec des gestes dont pas un seul ne fut perdu pour les soixante paires d'yeux en face de moi et le matin suivant, j'ai fait partir le hamac devant sans encombre. Une heure plus tard, je découvrais tout l'équipage réduit à l'état d'épave[87] dans un buisson : l'homme, le hamac, les gémissements, les couvertures, les frissons. La lourde perche avait arraché la peau de son pauvre nez. Il voulait absolument que je tue quelqu'un mais il n'y avait pas l'ombre d'un porteur à proximité. Je me suis souvenu du vieux médecin : "Ce serait intéressant pour la science d'observer les transformations mentales des individus, sur place." J'avais l'impression de devenir scientifiquement intéressant. Enfin, tout cela n'a aucun rapport. Le quinzième jour, je revis le grand fleuve et je fis mon entrée clopin-clopant au Poste Central. Il était situé sur un bras mort entouré de broussailles et de forêt, joliment bordé de boue malodorante sur un côté et fermé sur les trois autres par une palissade délabrée de roseaux. Une brèche mal entretenue en guise d'entrée[88] : au premier coup d'œil, vous compreniez que le fameux démon inconsistant était là qui dirigeait le cirque. Des hommes blancs tenant de longs bâtons émergèrent avec nonchalance des bâtiments, vinrent sans hâte me regarder, puis disparurent quelque part. L'un d'eux, un type costaud et nerveux, m'informa avec volubilité et force digressions, dès que je lui dis qui j'étais, que mon vapeur était au fond du fleuve. Je restai stupéfait : quoi, comment, pourquoi ? Oh, ce n'était "pas grave". Le "directeur[89] lui-même" était présent. Tout se passait correctement. "Tout le monde s'était conduit magnifiquement ! Magnifiquement !" Très agité, il me dit : "Il faut que vous alliez voir le directeur général immédiatement. Il attend !"

« Je ne compris pas tout de suite la portée réelle de ce naufrage. Je suppose que je la comprends maintenant mais je n'en suis pas certain, pas certain du tout. À coup sûr, l'accident était trop stupide, quand j'y pense, pour être tout à fait naturel. Encore que…

Mais sur le moment, je n'y vis qu'un fichu contretemps. Le vapeur était au fond de l'eau. Ils étaient partis deux jours plus tôt, brutalement pressés de remonter le fleuve avec le directeur à bord du vapeur confié à quelque volontaire comme patron : trois heures ne s'étaient pas écoulées qu'ils déchiraient le fond sur des pierres et que le bateau coulait près de la rive sud. Je me demandais bien ce que j'allais faire en ce lieu maintenant que mon bateau était perdu. À vrai dire, j'eus bien assez à faire pour repêcher mon commandement. Je dus m'y mettre dès le lendemain. Cette opération et les réparations, une fois les pièces arrivées au poste, prirent plusieurs mois[90].

« Ma première entrevue avec le directeur fut curieuse. Il ne m'invita même pas à m'asseoir alors que j'avais fait mes vingt miles ce matin-là[91]. Tout en lui était quelconque : le teint, la physionomie, les manières et la voix. Il était de taille moyenne et de carrure médiocre. Ses yeux, du bleu habituel, étaient peut-être remarquablement froids et, à coup sûr, il pouvait donner à son regard le tranchant et le poids d'une hache quand il le laissait tomber sur quelqu'un. Mais même dans ces occasions, le reste de sa personne semblait désavouer pareille intention. À part cela, il y avait juste une vague, indéfinissable expression des lèvres, quelque chose de furtif, un sourire... non, pas un sourire... je m'en souviens bien mais je ne peux pas l'expliquer. Et il était inconscient, ce sourire, encore qu'il s'accentuât l'espace d'un instant lorsque le directeur venait de dire quelque chose. Il arrivait à la fin de ses discours comme un sceau appliqué sur les mots, afin de donner à l'expression la plus banale une profondeur insondable. Ce n'était qu'un simple marchand, employé depuis sa jeunesse dans ces régions, rien de plus. On lui obéissait et pourtant, il n'inspirait ni amour ni crainte, pas même du respect. Il inspirait le malaise. C'est ça, le malaise ! Pas une défiance précise, juste le malaise, rien de plus. Vous ne sauriez croire l'efficacité d'une... d'une telle... faculté. Il n'avait aucun génie pour l'organisation, l'initiative, ou même pour l'ordre. C'était évident à des indices tels que l'état déplorable du poste. Il était dénué de culture et d'intelligence. Il devait sa position... à quoi ? Peut-être au fait qu'il n'était jamais malade (il avait fait trois périodes de trois ans là-bas). Car parmi la débâcle[92] générale des organismes, une santé florissante est une sorte de pouvoir en soi. Quand il rentrait pour ses congés, il faisait une bringue[93] à tout casser, solennellement. Le marin en bordée, à une différence près : l'allure. De cela, on pouvait être sûr à certaines choses qui lui échappaient. Il ne créait rien, il pouvait assurer la routine, c'est tout. Pourtant, l'homme n'était pas sans grandeur. Grand à cause d'un petit détail : impossible de dire ce qui pouvait avoir de l'emprise sur lui. Sur ce point, il n'a jamais rien laissé deviner. Peut-être était-il creux ? Une telle éventualité donnait à réfléchir car, là-bas, il n'existait aucune contrainte externe. Un jour, alors que presque tous les "agents" du poste avaient été anéantis par diverses maladies tropicales, on l'avait entendu déclarer : "Les hommes qui viennent ici ne devraient pas avoir d'entrailles[94]." Il scella cette déclaration de son fameux sourire : on eût dit une porte ouvrant sur des ténèbres dont il avait la garde. Vous vous imaginiez avoir vu quelque chose mais le sceau était apposé. Le jour où il en eut assez des constantes querelles de préséance des Blancs à l'heure des repas, il donna l'ordre de faire une immense table ronde, pour laquelle il fallut construire un bâtiment spécial qui devint le mess du poste. Là où il s'asseyait, c'était la place d'honneur, les autres étaient sans valeur : on sentait que c'était sa conviction inébranlable. Ni poli ni impoli, il était placide. Il permettait à son boy, un jeune Noir trop nourri originaire de la côte, de traiter sous ses yeux les Blancs avec une insolence provocatrice.

« Il se mit à parler dès qu'il me vit. J'avais mis trop de temps à venir. Pas question d'attendre. Avait dû partir sans moi. Les postes en amont devaient être secourus. Il y avait eu tant de retards déjà qu'il ne savait pas qui était mort et qui était en vie ni comment allaient les choses, etc., etc. Sans écouter mes explications, et tout en jouant avec un bâton de cire à cacheter, il répéta plusieurs fois que la situation était "très, très grave[95]". Selon des rumeurs, un poste très important était en danger et son chef, M. Kurtz, était malade. Il espérait bien que c'était faux. M. Kurtz était... Moi, j'étais fatigué et irritable : Au diable Kurtz, pensai-je. Je l'interrompis en disant que j'avais entendu parler de M. Kurtz sur la côte. "Alors ils en parlent même là-bas !" murmura-t-il pour lui-même. Et puis il remit ça, pour m'assurer que M. Kurtz était son meilleur agent, un homme exceptionnel, de la plus haute importance pour la Compagnie[96] ; je pouvais donc comprendre son angoisse. Il se disait "très, très inquiet". En tout cas, il s'agitait beaucoup sur sa chaise, s'exclama : "Ah, M. Kurtz !", cassa le bâton de cire, ce qui sembla le sidérer. Ensuite, il voulut savoir "combien de temps cela prendrait de..." Je l'interrompis à nouveau. J'avais faim, vous comprenez, et à force d'être laissé debout, je devenais hargneux[97]. Comment pouvais-je le savoir ? Je n'avais même pas encore vu l'épave. Plusieurs mois, à coup sûr. Tout ce bavardage me semblait si futile. "Plusieurs mois, dit-il. Eh bien, disons trois mois jusqu'au départ. Oui, cela devrait faire l'affaire." Je sortis à grands pas de sa case (il vivait seul dans une case en pisé, dotée d'une espèce de véranda) en grommelant ce que je pensais de lui. C'était un crétin de bavasseur. Par la suite, je revins sur mon jugement quand j'eus la révélation inopinée de la précision avec laquelle il avait estimé le temps nécessaire pour "l'affaire".

« Je me mis au travail dès le lendemain en tournant, pour ainsi dire, le dos à ce poste. C'était la seule chose à faire, me semblait-il, si je ne voulais pas perdre de vue les bons côtés de la vie. Mais on ne peut pas toujours regarder dans la même direction et je fus bien obligé de le voir, ce poste, avec ses hommes qui déambulaient sans but au soleil, dans la cour. Je me demandais parfois si tout cela avait un sens. Ils allaient et venaient, leur bâton d'une longueur absurde à la main, comme une bande de pèlerins sans foi et retenus par un sort à l'intérieur d'une palissade croulante. Le mot "ivoire" résonnait dans l'air, se murmurait et se soupirait. On eût dit qu'ils lui adressaient leurs prières. Un relent de rapacité imbécile soufflait sur tout cela, tel un effluve de charogne. Par Dieu, je n'ai jamais rien vu d'aussi irréel de toute ma vie ! Et à l'extérieur, autour de cette minuscule parcelle de terre défrichée, l'immensité sauvage et silencieuse me faisait l'effet d'une grandeur invincible, comme le mal ou la vérité, attendant patiemment que disparaisse cette étrange invasion.

« Oh, ces mois ! Mais peu importe. Différentes choses se produisirent. Un soir, une paillote pleine de calicot, de cotons imprimés, de verroterie et de je ne sais quoi d'autre, s'embrasa si brutalement qu'on eût pu croire que la terre s'était ouverte pour lâcher un feu vengeur et détruire toute cette cochonnerie. J'étais tranquillement en train de fumer une pipe près de mon vapeur démantibulé et je les voyais tous caracoler à la lueur de l'incendie, les bras au ciel, quand le costaud à moustache accourut vers la rivière, un seau de fer à la main. Il m'assura que tout le monde "se conduisait magnifiquement, magnifiquement", puisa environ un litre d'eau et s'en retourna en courant. J'ai remarqué que le seau était percé.

« Je me suis rapproché sans me presser. Il n'y avait pas de raison de se presser, vous savez ; ce truc avait pris comme une boîte d'allumettes, c'était perdu d'avance. La flamme s'était élancée très haut, obligeant tout le monde à reculer, elle avait embrasé l'ensemble puis elle était retombée. La paillote n'était déjà plus qu'un tas de braises rougeoyant avec férocité. Un nègre se faisait tabasser non loin de là. On le disait responsable, d'une manière ou d'une autre. Vrai ou faux, il poussait des cris affreux. Par la suite, il resta plusieurs jours assis à l'ombre dans un coin. Il avait l'air mal en point et tentait de se remettre. Puis il se leva, partit, et la brousse, sans un bruit, le reprit en son sein[98]. Comme j'émergeais de la nuit pour m'approcher des braises rougeoyantes, je me trouvai derrière deux hommes qui parlaient. J'entendis prononcer le nom de Kurtz et puis ces mots : "profiter de ce malheureux accident". L'un d'eux était le directeur. Je lui dis bonsoir. "Avez-vous jamais rien vu de pareil, hein ? C'est incroyable", dit-il avant de s'éloigner. L'autre resta là. C'était un agent de première classe, jeune, distingué, un peu réservé, avec une barbe à deux pointes et un nez aquilin. Il était assez froid avec les autres agents et eux, de leur côté, l'accusaient de les espionner pour le compte du directeur. Quant à moi, je lui avais à peine adressé la parole jusqu'à ce jour. Nous engageâmes la conversation et, peu à peu, nous nous éloignâmes doucement des ruines qui sifflaient. Puis il m'invita dans sa chambre, située dans le bâtiment principal du poste. Il craqua une allumette et je vis que ce jeune aristocrate[99] avait non seulement un nécessaire de toilette à monture en argent, mais une bougie entière pour lui tout seul. À cette période-là, seul le directeur était censé avoir droit aux bougies. Des nattes indigènes recouvraient les murs de pisé où étaient accrochés des trophées de lances, de sagaies, de boucliers et de couteaux. La tâche confiée à ce garçon, m'avait-on dit, c'était de faire des briques, mais il n'y avait pas la moindre miette de brique dans tout le poste et cela faisait plus d'un an qu'il était là à attendre. Apparemment, il lui manquait quelque chose pour faire ses briques, je ne sais quoi au juste, peut-être de la paille. Toujours est-il qu'il n'y en avait pas sur place et, comme il était peu probable qu'il en fût expédié d'Europe, j'imaginais mal ce qu'il attendait. Une mesure spéciale du Créateur, allez savoir ! De toute façon, tout le monde – les seize ou vingt pèlerins – attendait quelque chose. Et ma foi, l'occupation n'avait pas l'air désagréable, à en juger par la manière dont ils prenaient les choses, et bien que seule, à ma connaissance, la maladie vînt récompenser leur attente. Ils passaient le temps à médire et à intriguer les uns contre les autres sans grande intelligence. Tout le monde conspirait dans ce poste, mais rien n'en sortait jamais, bien entendu. C'était aussi irréel que le reste : que les prétentions à la philanthropie de toute l'entreprise, leurs discussions, leur Administration, leurs simulacres d'activité. L'unique sentiment réel, c'était leur désir d'être nommés dans un comptoir où l'ivoire abondait afin de toucher des commissions. Ils intriguaient, calomniaient, se détestaient pour cette seule et unique raison, mais quant à lever le petit doigt efficacement, pas question. Bon sang ! Ce n'est pas pour rien, après tout, qu'en ce monde, tel homme peut voler un cheval alors qu'il est interdit à tel autre de seulement regarder la bride. Carrément le voler, ce cheval. Fort bien. Il l'a fait. Peut-être sait-il monter. Mais il y a certaine façon de regarder une bride qui susciterait un coup de pied de la part du plus charitable des saints.

« Je ne voyais pas du tout pourquoi il tenait à se montrer sociable mais, comme nous bavardions dans sa chambre, l'idée me frappa que ce type essayait d'obtenir quelque chose, de me tirer les vers du nez, pour tout dire. Il n'arrêtait pas de faire allusion à l'Europe, aux gens que j'étais censé y connaître, de me poser des questions tendancieuses sur mes relations dans la ville sépulcrale, etc. Ses petits yeux scintillaient de curiosité comme des disques de mica, bien qu'il essayât de conserver une certaine hauteur. Tout d'abord, je fus effaré, mais rapidement, je devins très curieux de voir ce qu'il tirerait de moi. Je ne pouvais vraiment pas imaginer ce qui, chez moi, pouvait justifier ses efforts. C'était très drôle de voir les illusions qu'il se faisait car, en vérité, je n'avais rien dans le ventre à part des frissons, et rien dans la tête à part cette fichue affaire du bateau à vapeur. Il était évident qu'il me prenait pour le type même du prévaricateur éhonté. Finalement, il s'agaça et, pour dissimuler un geste d'exaspération, il se mit à bâiller. Je me levai. C'est alors que je remarquai une esquisse à l'huile sur un panneau, représentant une femme drapée, les yeux bandés, qui portait une torche allumée. L'arrière-plan était sombre, presque noir. Le mouvement de la femme était majestueux et l'effet de lumière sur le visage, sinistre[100].

« Le tableau m'arrêta et l'homme resta poliment à mes côtés avec, à la main, un quart de champagne vide (cordial recommandé par la Faculté) qui lui servait de bougeoir. À ma question, il répondit que c'était M. Kurtz qui l'avait peint[101], ici même, plus d'un an auparavant, pour passer le temps en attendant de pouvoir rejoindre son comptoir. "Dites-moi, je vous en prie, qui est donc ce M. Kurtz ?"

« "Le chef du Poste de l'Intérieur", répondit-il brièvement et sans me regarder. "Grand merci, fis-je en riant. Et vous êtes le faiseur de briques du Poste Central. Tout le monde le sait." Il garda le silence un instant. "Il est prodigieux, dit-il enfin. C'est un homme, un messager de compassion, de science, de progrès, et le diable seul sait de quoi d'autre. Il nous faut, commença-t-il à déclamer d'un coup, afin de mener à bien cette grande mission[102] que l'Europe nous a pour ainsi dire confiée, une intelligence plus haute, une grande ouverture morale, le sacrifice de tout ce qui n'est pas le but à atteindre." "Qui dit cela ?" demandai-je. "Pas mal de monde, répliqua-t-il. Il y en a même qui l'écrivent ; et alors c'est LUI qui arrive, un être spécial, comme vous êtes bien placé pour le savoir." "Moi ? Mais comment ça ?" interrompis-je, très étonné. Mais il n'y prit pas garde. "Eh oui ! Aujourd'hui, il est le chef du meilleur poste, l'an prochain il sera directeur adjoint et, dans deux ans... Mais vous, évidemment, vous savez bien ce qu'il sera dans deux ans. Vous appartenez à cette nouvelle clique : la clique de la vertu. Ceux qui l'ont envoyé et ceux qui vous ont tellement recommandé, ce sont les mêmes. Oh ! ne me dites pas le contraire, j'ai des yeux pour voir." Je commençais à comprendre. Les relations influentes de ma chère tante produisaient un effet inattendu sur ce jeune homme. Je me retins pour ne pas éclater de rire. "Avez-vous accès à la correspondance confidentielle de la Compagnie?" demandai-je. Il n'avait rien à dire. Moi, je m'amusais beaucoup. "Quand M. Kurtz, continuai-je sévèrement, sera directeur général, ce ne sera plus le cas."

« Il souffla la bougie brusquement et nous sortîmes. La lune s'était levée. Des silhouettes noires déambulaient avec indolence et versaient de l'eau sur le tas rougeoyant qui sifflait toujours. De la vapeur s'élevait dans le clair de lune. Le nègre qu'on avait tabassé gémissait quelque part. "Quel boucan fait cette brute ! dit le moustachu infatigable qui apparut à nos côtés. C'est bien fait pour lui. Transgression, châtiment, et vlan ! Pas de pitié, aucune pitié, c'est la seule méthode. Il n'y aura plus d'incendie à l'avenir[103]. Je disais justement au directeur…" Il remarqua mon compagnon et prit soudain l'air penaud. "Pas encore au lit, dit-il avec une espèce de servilité joviale, c'est bien naturel. Ah, le danger, l'agitation !" Il disparut. Je me dirigeai vers le fleuve et l'autre me suivit. J'entendis un murmure sarcastique à mon oreille : "Bande de crétins, va !" On voyait les pèlerins en groupes gesticuler et discuter. Plusieurs d'entre eux tenaient encore leur bâton. Je crois vraiment qu'ils dormaient avec. Au-delà de la palissade se dressait la forêt, spectrale au clair de lune et, au-dessus de la faible rumeur, des bruits de cette misérable cour à peine perceptibles, le silence du pays vous touchait en plein cœur : son mystère, sa grandeur, l'incroyable réalité de la vie qu'il dissimulait. Le nègre blessé émit une faible plainte quelque part à proximité, puis il poussa un profond soupir qui me fit presser le pas pour m'éloigner. Je sentis une main se glisser sous mon bras. "Mon cher ami, dit le type, je ne veux pas que vous vous mépreniez à mon sujet, surtout vous qui allez voir M. Kurtz bien avant que j'aie ce plaisir. Je ne voudrais pas qu'il entretienne des idées fausses sur ma disposition d'esprit…"

« Je le laissai continuer, ce Méphisto[104] de papier mâché, et il me sembla que si j'essayais, je pourrais le crever de l'index mais qu'à l'intérieur je ne trouverais rien, sauf peut-être un peu de boue sans consistance. Vous comprenez, il avait projeté de devenir bientôt l'adjoint du directeur actuel et, visiblement, l'arrivée de ce Kurtz ne les avait pas peu dérangés tous les deux. Il parlait précipitamment et je n'essayai pas de l'arrêter. Je m'étais adossé contre l'épave de mon vapeur qu'on avait halée sur la pente, telle la carcasse de quelque gros animal du fleuve. J'avais dans les narines l'odeur de la vase, d'une vase primitive, par Dieu, et sous les yeux le grand calme de la forêt primitive. Il y avait des taches brillantes sur la crique noire. La lune avait tout recouvert d'une fine couche d'argent : l'herbe drue, la vase, le mur de végétation entremêlée qui se dressait plus haut que le mur d'un temple, le grand fleuve que j'apercevais par une brèche sombre et qui scintillait, qui scintillait tout en coulant majestueux sans un murmure. Tout cela était plein de grandeur, dans une muette expectative, alors même que cet homme jacassait sans fin sur sa précieuse personne. Je me demandais si le calme sur la face de cette immensité qui nous regardait tous deux se voulait un appel ou une menace. Nous autres, qui nous étions égarés ici, qu'étions-nous donc ? Étions-nous capables de venir à bout de cette chose muette ou bien viendrait-elle à bout de nous ? Je ressentis combien elle était vaste, bigrement vaste, cette chose qui ne pouvait parler et qui était peut-être également sourde. Que renfermait-elle ? Je voyais bien qu'il en sortait un peu d'ivoire et j'avais entendu dire que M. Kurtz s'y trouvait. Dieu sait d'ailleurs que j'en avais bien assez entendu parler ! Et pourtant, bizarrement, cela n'évoquait aucune image, comme si l'on m'avait raconté qu'un ange ou un démon vivait là. J'y croyais comme l'un de vous pourrait croire qu'il y a des habitants sur la planète Mars. Un jour[105], j'ai rencontré un Écossais, voilier de métier, qui était certain, absolument certain qu'il y avait des gens sur Mars. Si vous lui demandiez de préciser à quoi ils ressemblaient et comment ils étaient, il hésitait et marmonnait vaguement qu'ils "marchaient à quatre pattes[106]". Et si vous aviez seulement le malheur de sourire, il voulait se battre avec vous malgré ses soixante ans. Je n'aurais pas été jusqu'à me battre pour Kurtz, mais pour lui, j'ai bien failli mentir. Vous savez pourtant que je hais, j'exècre, je ne supporte pas les mensonges, non que je sois plus droit que n'importe lequel d'entre nous mais, simplement, parce que le mensonge m'épouvante. Il y a un relent de mort, un goût de mortalité dans le mensonge, et c'est précisément ce que j'exècre le plus au monde, ce que je veux oublier. Cela me rend malheureux et malade, comme si je mordais dans quelque chose de pourri. Question de tempérament, je suppose. Eh bien, je n'en étais pas loin quand j'ai laissé ce jeune crétin de là-bas imaginer ce qu'il voulait de mon influence en Europe. En une seconde, j'ai tourné à l'imposteur tout comme les autres pèlerins ensorcelés. Et tout simplement, comprenez-vous, parce que j'avais dans l'idée que cela aiderait d'une façon ou d'une autre ce Kurtz que je n'imaginais même pas à l'époque. Il n'était qu'un mot pour moi. Et dans ce nom, je ne voyais pas l'homme, pas plus que vous. Vous le voyez[107] ? Vous voyez l'histoire ? Vous voyez quelque chose ? Pour moi, c'est comme si j'essayais de vous raconter un rêve, comme si j'essayais, en vain d'ailleurs, car aucun récit de rêve ne peut rendre la sensation du rêve : ce mélange d'absurdité, de surprise et de désarroi tandis que frémit l'envie de se débattre et de se révolter, ce sentiment d'être captif

de l'incroyable, qui est l'essence même des rêves... »
Il resta silencieux un moment.

« ... Non, c'est impossible. Il est impossible de rendre la sensation vivante de quelque période donnée de son existence, de ce qui en fait la vérité, le sens, son essence subtile et pénétrante. C'est impossible. Nous vivons comme nous rêvons : seuls[108]... » Il s'arrêta de nouveau, comme pour réfléchir, puis il ajouta :

« Bien entendu, dans tout cela, les gars, vous y voyez plus clair que moi à l'époque. D'abord, je suis dans le tableau et moi, vous me connaissez... » L'obscurité s'était tellement épaissie que nous autres, qui écoutions, avions du mal à nous voir. Depuis pas mal de temps déjà, lui, qui se tenait assis à l'écart, était devenu pour nous une voix désincarnée. Personne ne dit mot. Les autres étaient peut-être endormis mais pas moi. J'écoutais, je guettais la phrase, le mot qui me donnerait la clé du léger malaise que m'inspirait ce récit. Il semblait naître spontanément sans passer par des lèvres humaines, dans la pesante atmosphère nocturne du fleuve.

« ... Oui, je l'ai laissé continuer, reprit Marlow, et penser ce qu'il voulait des appuis que j'avais derrière moi ! Et je n'avais rien ! Rien d'autre que ce vieux vapeur de malheur, tout estropié, auquel j'étais adossé tandis qu'il dissertait sur "la nécessité pour chacun de progresser". "Et quand on vient jusqu'ici, vous jugez bien que ce n'est pas pour bayer à la lune." M. Kurtz était un "génie universel", mais même un génie verrait un avantage à travailler avec "des outils adéquats : des hommes intelligents". Il ne faisait pas de briques (c'est que, n'est-ce pas, il y avait à cela une impossibilité physique), comme je le savais fort bien ; et s'il faisait des travaux de secrétariat pour le directeur, c'était qu'"aucun homme raisonnable ne repousse étourdiment la confiance de ses supérieurs". Comprenais-je son point de vue ? Je le comprenais. Que voulais-je de plus ? Ce que je voulais en réalité, par Dieu, c'étaient des rivets ! Des rivets. Pour avancer le travail, pour colmater le trou. Je voulais des rivets. Il y en avait des caisses pleines sur la côte, des caisses empilées, éclatées, fendues ! Tous les deux pas, vous butiez contre un rivet égaré, dans la cour de ce poste à flanc de colline. Des rivets avaient roulé jusque dans le bosquet de la mort. Il suffisait de se baisser pour s'en remplir les poches ! Mais il n'y avait pas un seul rivet là où le besoin s'en faisait sentir. Nous avions des tôles qui feraient l'affaire, mais rien pour les fixer. Et toutes les semaines, le courrier, un nègre, partait seul de notre poste pour la côte, sac sur l'épaule et bâton à la main. Et plusieurs fois par semaine, une caravane arrivait de la côte avec des marchandises négociables : des calicots satinés tellement laids qu'on en frémissait rien qu'à les regarder, de la verroterie qui valait bien deux sous le kilo, d'horribles mouchoirs de coton à pois. Mais pas de rivets. Trois hommes auraient suffi pour apporter tout ce qu'il fallait pour remettre ce vapeur à flot.

« À présent, il en était aux confidences mais je suppose que mon attitude réservée dut finalement l'exaspérer car il jugea bon de m'informer qu'il ne craignait ni Dieu, ni diable ni, à plus forte raison, un simple mortel. Je dis que j'en étais bien convaincu mais que ce que je voulais, c'était un certain nombre de rivets et que c'était de rivets que M. Kurtz avait vraiment besoin, même s'il l'ignorait. Puisque des lettres prenaient le chemin de la côte toutes les semaines... "Mon cher ami, s'écria-t-il, j'écris ce qu'on me dicte." J'exigeais des rivets. Il y avait un moyen... pour un homme intelligent. Il changea d'attitude, devint très froid, et se mit soudain à parler d'un hippopotame. Pour s'inquiéter de savoir si, dormant à bord du vapeur (je ne lâchais mon épave ni de jour ni de nuit), je n'étais pas dérangé. C'était un vieil hippopotame qui avait pris la mauvaise habitude de sortir sur la berge et de rôder, la nuit, dans l'enceinte du poste. Les pèlerins sortaient alors comme un seul homme et déchargeaient dans sa direction tous les fusils qu'ils pouvaient trouver. Certains avaient même monté la garde des nuits entières pour l'attendre. En pure perte, remarquez bien. "Cet animal a une chance de tous les diables, dit-il, mais on ne peut dire ça que des brutes dans ce pays. Il n'y a pas un homme, vous m'entendez, pas un ici qui ait ce genre de chance[109]." Il resta là un moment au clair de lune, avec son nez délicatement aquilin un peu de travers et ses yeux de mica qui brillaient sans ciller. Puis, sur un bref bonsoir, il s'éloigna à grands pas. Son trouble et sa grande perplexité étaient évidents pour moi et j'y puisai un optimisme comme je n'en avais pas ressenti depuis bien des jours. J'éprouvai un grand réconfort à quitter ce type et à me retourner vers mon influent ami, ce misérable bateau à vapeur, tout cabossé, tordu et délabré. Je grimpai à bord. Il résonnait sous mes pieds comme une boîte à biscuits vide Huntley et Palmers[110] qu'on aurait poussée à coups de pied dans un caniveau. En fait, il était beaucoup moins solide de fabrication et plutôt moins joli de forme mais j'y avais consacré tant d'énergie que maintenant je l'aimais. Aucun ami influent n'aurait pu mieux me servir. Il m'avait donné l'occasion de sortir un peu de moi-même, de découvrir ce dont j'étais capable. Ce n'est pas que j'aime le travail, non. J'aime mieux fainéanter en songeant à toutes les choses magnifiques qu'on peut faire. Je n'aime pas le travail, personne n'aime ça, mais j'aime ce que procure le travail : une occasion de se trouver soi-même. Votre réalité propre (à vos yeux, pas à ceux des autres), ce que personne d'autre ne pourra jamais connaître parce qu'on ne voit que des apparences et que l'on ne peut jamais dire ce qu'elles signifient vraiment.

« Je ne fus pas surpris de voir quelqu'un assis à l'arrière sur le pont, les jambes pendantes au-dessus de la vase. C'est que j'étais plutôt copain avec les quelques mécaniciens du poste, ceux-là mêmes que les autres pèlerins méprisaient, bien entendu, à cause – j'imagine – de leurs manières qui laissaient à désirer. C'était le contremaître, un chaudronnier de formation et un bon ouvrier. Cet homme maigre et anguleux, au teint jaune, avait de grands yeux intenses, un air préoccupé et un crâne aussi chauve que la paume de ma main. Mais on avait l'impression que dans leur chute, ses cheveux s'étaient raccrochés au menton et qu'ils s'étaient trouvés bien à ce nouvel emplacement car sa barbe lui arrivait à la taille. Il était veuf avec six jeunes enfants (qu'il avait laissés aux soins d'une sœur pour venir là), et la passion de sa vie, c'était la colombophilie. Expert enthousiaste, il était fou de pigeons. Après le travail, il lui arrivait parfois de sortir de sa cabane pour parler avec moi de ses enfants et de ses pigeons. Au travail, quand il lui fallait ramper dans la boue sous la coque du vapeur, il attachait sa fameuse barbe dans une espèce de serviette blanche qu'il apportait exprès. Elle était munie de boucles qu'il se passait derrière les oreilles. Le soir, on le voyait accroupi sur la berge, occupé à rincer soigneusement dans la crique ce protège-barbe avant de le mettre solennellement à sécher sur un buisson.

« Je lui donnai une claque dans le dos en hurlant : "On va les avoir, nos rivets ! » Il se leva d'un bond et s'exclama : "C'est pas vrai ! Des rivets !" comme s'il n'en croyait pas ses oreilles. Puis, à voix basse : "C'est vous… hein ?" Je ne sais pas pourquoi nous nous conduisions comme des dingues. Un doigt sur l'aile du nez, j'acquiesçai d'un air mystérieux. "Bien joué !" s'écria-t-il en faisant claquer ses doigts au-dessus de sa tête et en levant un pied. Je m'essayai à une gigue et nous nous mîmes à gambader sur le pont en fer. Il sortit de cette carcasse un boucan épouvantable, que la forêt vierge renvoya depuis l'autre rive en un bruit de tonnerre qui déferla sur le poste endormi et fit probablement se dresser en sursaut certains des pèlerins dans leurs masures. Une silhouette sombre se profila sur le seuil éclairé de la case directoriale et disparut. Environ une seconde plus tard, le seuil disparut à son tour. Nous nous arrêtâmes, et le silence que nos piétinements avaient chassé se répandit à nouveau du fin fond du pays. Le grand mur de végétation, sa masse exubérante et emmêlée de troncs, de branches, de feuilles, de rameaux, de festons, immobile dans le clair de lune, semblait une invasion tumultueuse de vie muette, haute lame écumante prête à déferler sur l'anse et à balayer sur son passage toutes nos petites vies de petits hommes. Mais ce mur ne bougeait pas[111]. De très loin nous parvint l'écho étouffé d'éclaboussements puissants et d'ébrouements comme si un ichtyosaure[112] était en train de prendre un bain de paillettes dans l'eau du grand fleuve. "Après tout, dit le chaudronnier sur un ton raisonnable, pourquoi ne les aurions-nous pas, ces rivets ?" Pourquoi pas, en vérité ? Je ne voyais aucune raison qui nous en empêcherait. "Ils seront là dans trois semaines", dis-je avec assurance.

« Mais ils n'y furent pas. Au lieu de rivets, nous eûmes droit à une invasion, une calamité, un vrai fléau. Cela se fit en plusieurs vagues pendant les trois semaines suivantes, chaque vague précédée par un âne transportant un Blanc aux vêtements neufs et aux souliers havane qui, du haut de sa monture, distribuait ses saluts à droite et à gauche aux pèlerins impressionnés. Une bande irascible de nègres maussades aux pieds endoloris suivait sur les talons de l'âne. Force tentes, pliants, cantines métalliques, malles blanches et ballots bruns étaient déversés dans la cour ; l'atmosphère de mystère devenait un peu plus dense et ajoutait à la confusion du poste. Il y eut cinq de ces arrivages, qui évoquaient tous absurdement une bande de fuyards se retirant en désordre après avoir vidé d'innombrables magasins de confection et d'alimentation et trimbalant leur butin avec eux après la razzia pour se le partager équitablement une fois dans la brousse. C'était un fouillis inextricable de choses tout à fait convenables par elles-mêmes, mais auxquelles la folie humaine donnait l'air d'être le produit d'une rapine.

« Ce groupe d'enthousiastes se présentait comme l'Expédition d'exploration Eldorado[113], et je crois bien qu'ils étaient tenus par serment au secret. Mais cela ne les empêchait pas de parler en sordides flibustiers : avec une imprudence dénuée d'intrépidité, une avidité dénuée d'audace, une cruauté dépourvue de tout courage. Pas un dans le lot qui eût un atome de prévoyance ou d'intention sérieuse et ils ne semblaient même pas voir qu'il en faut pour conduire les affaires de ce monde. Tout ce qu'ils voulaient, c'était arracher ses trésors aux entrailles du pays et il n'y avait chez eux pas plus de préoccupation morale qu'il n'y en a chez les voleurs qui fracturent un coffre. Qui payait les frais de cette noble entreprise ? je l'ignore, mais l'oncle de notre directeur était le chef de cette bande.

« Physiquement, il ressemblait à un boucher des quartiers pauvres et il avait dans les yeux une sorte de roublardise somnolente. Il portait avec ostentation son gros ventre sur des jambes courtes et, tout le temps que sa bande infesta le poste, il ne parla à personne d'autre que son neveu. On les voyait rôder ensemble à longueur de journée et se parler de près comme s'ils tenaient un conseil de famille interminable.

« J'avais cessé de me faire du souci pour les rivets. La capacité d'un homme à se préoccuper de ce genre de sottises est plus limitée qu'on n'imaginerait. Je me dis : La barbe ! et laissai courir. Je pouvais méditer à loisir, et de temps à autre, je pensais un peu à Kurtz.

Joseph Conrad

Ce n'était pas qu'il m'intéressât beaucoup, non. Mais j'étais curieux de voir si cet homme, arrivé d'Europe avec certaines idées morales, réussirait malgré tout à atteindre le sommet et comment, l'ayant atteint, il se mettrait en devoir d'agir. »

2

« Un soir, comme j'étais allongé sur le pont de mon vapeur, j'entendis des voix se rapprocher : c'étaient l'oncle et le neveu qui se promenaient sur la berge. Je reposai ma tête sur mon bras et je m'étais presque assoupi lorsque quelqu'un dit, pratiquement à mon oreille : "Je ne suis pas méchant pour un sou, mais j'ai horreur qu'on me dicte ma conduite. Après tout, c'est moi le directeur, oui ou non ? On m'a ordonné de l'envoyer là-bas. C'est incroyable…" Je me rendis compte que les deux hommes se tenaient sur le rivage, contre l'avant du vapeur, en contrebas par rapport à ma tête. Je ne bougeai pas. En fait, j'étais si somnolent que je n'y songeai même pas. "C'est très déplaisant", grommela l'oncle.

"Il a demandé à l'Administration de l'envoyer là-bas, dit l'autre, avec l'idée de montrer ce qu'il était capable de faire. Et j'ai reçu des instructions en conséquence. Pense à l'influence que cet homme doit avoir, tu ne trouves pas ça effrayant ?" Tous deux tombèrent d'accord pour juger la chose effrayante, puis ils firent plusieurs remarques bizarres : "Faire la pluie et le beau temps... un seul homme... le Conseil... par le bout du nez..." Des bribes de phrases absurdes qui vinrent à bout de ma torpeur, si bien que j'avais presque les idées claires au moment où l'oncle déclara : "Il se peut que le climat apporte une solution définitive à ton problème. Il est seul?" "Oui, répondit le directeur. Il a renvoyé son assistant par le fleuve avec une note pour moi qui disait : 'Faites quitter le pays à ce pauvre diable et ne vous souciez pas de m'en envoyer d'autres du même acabit. J'aime mieux être seul qu'avoir près de moi le genre d'hommes dont vous disposez.' C'était il y a plus d'un an. Une impudence pareille, c'est inimaginable!" "D'autres nouvelles depuis?" demanda l'autre d'une voix rauque. "De l'ivoire, cracha le neveu : en quantité, de première qualité, énormément; très contrariant, venant de lui." "Et avec ça?" questionna la voix sourde. "Des factures", fut la réponse lâchée pour ainsi dire à bout portant. Puis le silence. C'était de Kurtz qu'ils parlaient.

« J'étais à présent tout à fait réveillé, mais comme j'étais confortablement allongé et que je n'avais pas de raison de changer de position, je restai immobile. "Comment cet ivoire a-t-il pu faire autant de chemin?" gronda le plus âgé des deux hommes, qui semblait très irrité. L'autre expliqua qu'il avait voyagé, grâce à toute une flottille de pirogues, sous la responsabilité d'un métis anglais, un employé qu'il avait avec lui ; Kurtz avait apparemment eu l'intention de rentrer aussi parce qu'il n'y avait plus alors ni marchandises ni réserves dans le poste mais, après avoir fait trois cents miles[114], il avait soudain décidé de faire demi-tour et il était reparti seul dans un petit canot indigène avec quatre pagayeurs, en laissant au métis le soin de descendre le fleuve avec l'ivoire. Les deux compères semblaient effarés à l'idée que quiconque pût tenter pareille entreprise. Ils étaient incapables d'envisager un motif plausible. Pour ma part, j'eus l'impression de voir Kurtz pour la première fois. C'était une image claire et nette : le canot, les quatre sauvages qui pagayent et l'homme blanc, solitaire, qui tourne soudain le dos à l'Administration centrale, à toute assistance et peut-être à toute idée de retour chez lui, préférant affronter les profondeurs sauvages de la brousse, son poste vide et désolé. Je ne comprenais pas le motif. Peut-être était-il simplement un type bien qui s'en tient à ce qu'il doit faire, pour l'amour de l'art. Quant à son nom, vous me suivez, il n'avait pas été prononcé une seule fois. Il était "cet homme". Et le métis qui, pour autant que je pouvais voir, avait conduit avec beaucoup de prudence et de cran une expédition dangereuse, c'était invariablement "cette canaille" chaque fois qu'ils en parlaient. Par la "canaille", on avait appris que "cet homme" avait été très malade et qu'il s'était mal remis... À ce moment, les deux hommes en contrebas s'éloignèrent un peu et se mirent à faire les cent pas non loin de là. J'entendis : "Poste militaire... médecin... deux cents miles[115]... tout à fait seul maintenant... des retards inévitables... neuf mois... pas de nouvelles... rumeurs étranges." Ils se rapprochèrent à nouveau juste comme le directeur disait : "Personne, à ma connaissance, sinon une espèce de trafiquant itinérant, un type infect qui extorque de l'ivoire aux indigènes." De qui parlaient-ils maintenant ? Je réussis à comprendre par bribes qu'il s'agissait d'un homme censé être dans le secteur de Kurtz et qui n'était pas du goût du directeur. "Nous ne serons pas à l'abri de la concurrence déloyale tant qu'un de ces types ne sera pas pendu pour l'exemple", dit-il. "Très vrai, grogna l'autre. Fais-le pendre, pourquoi pas ? Dans ce pays, on peut tout faire, absolument tout. C'est bien ce que je dis : il n'y a personne ici – ICI, tu comprends – qui puisse menacer ta position. Et pourquoi ? Parce que tu résistes au climat, tu les enterres tous. Le danger, c'est l'Europe ; mais là-bas, avant de venir, j'ai pris la précaution de..." Ils s'éloignèrent et se mirent à chuchoter, puis leurs voix redevinrent audibles. "Je ne suis pour rien dans cette série extraordinaire de retards, j'ai fait de mon mieux." Le gros homme soupira : "Très triste." L'autre poursuivit : "Pour ne rien dire de ses discours absurdes et pernicieux ! Comme s'il ne m'avait pas assez embêté quand il était ici ! 'Chacun de nos postes devrait être un phare sur la route du progrès, un centre de commerce, certes, mais aussi d'humanisation, d'amélioration, d'instruction…' Quel âne ! Tu te rends compte ! Et ça veut être directeur, non mais ! c'est… !" Ici, l'indignation l'étouffa et je soulevai la tête imperceptiblement. Je fus étonné de constater à quel point ils étaient près de moi, juste au-dessous. J'aurais pu cracher sur leurs chapeaux. Ils regardaient par terre, absorbés dans leurs pensées. Le directeur tenait une badine et s'en donnait des coups sur la jambe. L'oncle si perspicace leva la tête : "Cette fois, tu t'es bien porté depuis ton arrivée ?" L'autre eut un sursaut : "Qui ? Moi ? Oh, comme un charme, comme un charme. Mais les autres, oh, mon Dieu ! Tous malades. Ils meurent si vite que je n'ai même pas le temps de les rapatrier, c'est incroyable !" "Hum, exactement ! grogna l'oncle. Ah, mon garçon, c'est là ta chance, je te le dis, c'est là ta chance." Je le vis tendre son moignon de bras en un geste qui embrassait la forêt, la crique, la vase, le fleuve, et c'était comme un signe déshonorant lancé à la face ensoleillée du pays pour réveiller sournoisement la mort aux aguets, le mal caché, les profondes ténèbres au cœur des choses. C'était tellement saisissant que je me levai d'un bond et me retournai vers la lisière de la forêt, comme si je m'étais attendu à une réponse quelconque après cette noire manifestation de confiance. Vous le savez comme moi, on a parfois de drôles d'impressions. Face à ces deux silhouettes, il y avait le grand calme, la patience menaçante de la forêt qui attendait la disparition de cette étrange invasion.

« Tous deux lâchèrent ensemble un juron (je crois bien que c'était de peur), puis ils firent mine d'ignorer ma présence et s'en retournèrent vers le poste. Le soleil était bas et, penchés en avant l'un à côté de l'autre, ils avaient l'air de remorquer péniblement vers le sommet leurs deux ombres ridicules, de longueur inégale, qui rampaient lentement derrière eux et passaient sur l'herbe haute sans faire plier un seul brin.

« Quelques jours plus tard, l'Expédition Eldorado s'enfonça dans la forêt sauvage et patiente qui se referma sur ses membres comme la mer sur un plongeur. Longtemps après, nous apprîmes que tous les ânes étaient morts. Je ne sais pas quel fut le sort des animaux moins précieux. Comme nous tous ils ont eu, sans aucun doute, celui qu'ils méritaient. Je n'ai pas cherché à savoir. J'étais alors plutôt surexcité à la perspective de rencontrer Kurtz prochainement. Quand je dis prochainement, c'est relatif. Il s'écoula exactement deux mois[116] entre le jour où nous quittâmes la crique et celui où nous abordâmes au comptoir de Kurtz.

« Remonter ce fleuve, ce fut comme remonter jusqu'aux tout débuts du monde, à l'époque où la végétation envahissait toute la terre et où les grands arbres étaient rois. Aucun bateau, grand silence, forêt impénétrable. L'air était chaud, épais, lourd, stagnant. Il n'y avait aucune joie dans l'éclat du soleil. En longues sections désertes, le cours d'eau s'enfonçait dans l'obscurité des lointains ombragés. Sur les bancs de sable argenté, les hippopotames et les alligators prenaient le soleil côte à côte. Les eaux s'élargissaient et traversaient un dédale d'îles boisées. Sur ce fleuve, on se perdait comme dans un désert et, à longueur de journée, on venait donner dans des hauts-fonds en cherchant la passe au point de se croire ensorcelé, coupé à jamais de tout ce qu'on avait connu autrefois, ailleurs, très loin, dans une autre existence peut-être. Il y avait des moments où l'on repensait au passé, comme cela arrive parfois quand on n'a pas une minute à soi. Mais il resurgissait sous forme d'un rêve troublant et bruyant, dont on se souvenait sans y croire dans cet étrange univers de plantes, d'eau et de silence, accablant de réalité. Et le silence de cette vie ne ressemblait en rien à la paix. C'était celui d'une force implacable couvant d'impénétrables desseins. Elle vous regardait avec ressentiment. Je m'y fis à la longue et je cessai de la voir. Je n'en avais pas le temps. Il me fallait sans cesse deviner où était le chenal, discerner, la plupart du temps à l'inspiration, les signes annonciateurs de bancs immergés ; je repérais les rochers sous l'eau ;

j'apprenais à vite serrer les dents quand j'avais le cœur au bord des lèvres, chaque fois que j'évitais (pur hasard) une saleté de chicot retors qui aurait éventré mon misérable vapeur et noyé tous les pèlerins ; je devais être à l'affût du bois mort éventuel, que nous débiterions la nuit pour charger la chaudière le lendemain. Quand vous devez vous occuper de ce genre de choses, des seuls incidents superficiels, la réalité – la réalité, vous dis-je – perd de sa consistance. La vérité profonde se trouve dissimulée... heureusement. Mais je la sentais quand même. J'entendais son silence mystérieux, je savais qu'elle me regardait faire mes singeries, exactement comme elle vous regarde, vous les gars, faire votre numéro chacun sur sa corde raide, pour... combien au fait ? Une demi-couronne[117] la culbute ?... »

« Restez poli, Marlow », gronda une voix, et je sus qu'à part moi, il y avait au moins un autre auditeur éveillé.

« Je vous demande pardon. J'oubliais le chagrin qui complète l'addition. Et puis le prix, quelle importance si le numéro est bon ? Et vos numéros sont excellents. Le mien n'était pas mauvais non plus puisque j'ai réussi à ne pas envoyer ce bateau par le fond dès mon premier voyage. Je m'en étonne encore. Imaginez un homme les yeux bandés à qui l'on impose de conduire une voiture sur une mauvaise route. Je peux bien vous avouer que j'ai transpiré et tremblé plus souvent qu'à mon tour dans cette histoire. Après tout, pour un marin, sillonner le fond avec le bateau qu'il est censé faire flotter, c'est le plus impardonnable des péchés. Peut-être que personne ne l'apprendra jamais ? Peu importe. Vous, vous ne l'oublierez jamais, ce bruit-là. Comme un coup au cœur. On s'en souvient, on en rêve, on y repense la nuit, même des années après, et on en a encore des sueurs froides. Je ne prétends pas, remarquez, que ce vapeur a tout le temps flotté. Plus d'une fois, il lui a fallu patauger un peu, poussé par vingt cannibales, dans un grand bruit d'éclaboussures. En chemin, nous avions engagé certains de ces types comme équipage. Des gens bien, les cannibales, à leur façon. C'étaient des hommes avec qui l'on pouvait travailler et je leur suis reconnaissant. Et puis, ils ne se sont pas entre-dévorés sous mes yeux : ils avaient emporté des réserves de viande d'hippopotame qui s'est faisandée et dont la puanteur m'a révélé tout le mystère de la brousse. Pouah ! Je la sens encore. J'avais à bord le directeur et trois ou quatre pèlerins munis de leur panoplie, c'est-à-dire leurs bâtons. Parfois, nous tombions sur un poste au bord du fleuve, accroché aux basques de l'inconnu, et quand ils se précipitaient hors de leur masure délabrée avec de grands gestes de joie, de surprise et de bienvenue, les hommes blancs avaient l'air très étrange, comme s'ils étaient retenus là captifs de quelque mauvais sort.

Le mot "ivoire" résonnait dans l'air un certain temps, puis nous nous enfoncions à nouveau dans le silence pour longer les portions droites et désertes du fleuve, en suivre les méandres silencieux, entre les hauts murs de ce cours d'eau tortueux qui renvoyaient en battements sourds les pesantes pulsations de la roue arrière. Des arbres, encore des arbres, par millions : massifs, immenses, très hauts. Et à leur pied, serrant la berge à contre-courant, progressait lentement le petit vapeur noirci de fumée, tel un scarabée léthargique se traînant au sol sous un sublime portique. Vous vous sentiez tout petit, tout perdu, et pourtant ce sentiment n'était pas entièrement déprimant. Après tout, vous pouviez bien être petit, le scarabée crasseux avançait quand même et c'était exactement ce que vous vouliez. En revanche, j'ignore vers quoi il avançait, dans l'esprit des pèlerins. Vers quelque chose à prendre, je suis prêt à le parier ! Pour moi, il progressait vers Kurtz et rien d'autre. Mais quand les conduites du vapeur se mirent à fuir, notre progression devint très lente. Le fleuve s'ouvrait puis se refermait derrière nous comme si la forêt nous barrait la route sans se presser pour nous empêcher de repartir dans l'autre sens. Nous pénétrâmes toujours plus avant dans le cœur des ténèbres. Un grand calme y régnait. Parfois, la nuit, un roulement de tam-tams derrière le rideau des arbres remontait le fleuve et l'écho assourdi continuait à planer très loin au-dessus de nos têtes, jusqu'aux premières lueurs du jour. Appelaient-ils à la guerre, à la paix ou à la prière ? Nous l'ignorions. L'aube s'annonçait par un silence glacial : les coupeurs de bois dormaient près de leurs feux presque tombés, le craquement d'une brindille vous faisait sursauter. Nous étions des vagabonds sur la terre des premiers âges, sur une terre qui avait l'allure d'une planète inconnue. Nous aurions pu nous prendre pour ces hommes qui découvrirent les premiers un héritage maudit dont ils ne pourraient se rendre maîtres qu'au prix d'une profonde angoisse et d'un labeur épuisant[118]. Mais soudain, au détour d'un coude, il nous arrivait d'apercevoir des murs de paille, des toits de chaume pointus : des hurlements éclataient, des membres noirs s'agitaient, il y avait des claquements de mains et des piétinements, des corps qui balançaient et des roulements d'yeux sous la retombée du feuillage lourd et immobile. Le vapeur passait lentement, tout près d'une frénésie noire et incompréhensible. L'homme préhistorique nous maudissait ou encore nous offrait une prière ou la bienvenue, qui sait ? Nous étions coupés de tout, incapables de comprendre ce qui nous entourait. Nous glissions sur l'eau tels des fantômes, étonnés et secrètement terrifiés comme le seraient des hommes sains d'esprit confrontés à une explosion d'enthousiasme chez des fous. Nous ne pouvions pas comprendre parce que nous étions trop loin pour nous souvenir, parce que nous voyagions dans la nuit des premiers âges, de ces âges qui ont disparu en ne laissant presque pas de traces et aucun souvenir.

« La terre n'était plus la terre[119]. Elle nous offre habituellement le spectacle d'un monstre entravé[120] et vaincu mais, là-bas, elle restait monstrueuse et libre. Ce n'était plus la terre et les hommes... Non, ils n'étaient pas inhumains. Et c'était ça le pire, finalement : être obligé de douter de leur inhumanité. Il fallait du temps pour en arriver là. Ils hurlaient, bondissaient, tournoyaient et ils grimaçaient horriblement ; mais ce qui vous faisait frémir, c'était justement l'idée de leur humanité, semblable à la vôtre, l'idée de votre parenté, même lointaine, avec ce tumulte sauvage et passionné. Moche ! Oui, c'était assez moche. Mais, avec du cran, vous finissiez par admettre que la terrible candeur de ce bruit éveillait comme un écho, que vous le soupçonniez vaguement d'avoir un sens et d'être compréhensible[121], même pour vous, si éloigné de la nuit des premiers âges. Pourquoi pas ? L'esprit humain est capable de tout parce qu'il embrasse tout, le passé comme le futur. Que disait ce bruit après tout ? La joie, la peur, le chagrin ; la dévotion, la vaillance, la rage, qui peut savoir ? Il disait en tout cas la vérité, la vérité libérée des oripeaux du temps. Que l'imbécile s'effare et frissonne ; l'homme digne de ce nom admet ces choses et peut les contempler sans sourciller. À condition toutefois d'avoir autant de cran que les habitants de ces rives. Pour affronter cette vérité, il a besoin de tout ce qu'il y a d'authentique en lui, de toute sa force innée. Les principes ne suffiront pas : les acquisitions, les atours, les fanfreluches, tout cela s'effilochera à la première secousse. Non, il vous faut une foi délibérée. Quelque chose me serait destiné dans ce vacarme infernal, est-ce possible ? Soit : je l'entends, je l'admets, mais j'ai une voix, moi aussi, et, pour le meilleur ou pour le pire, mon discours est de ceux qu'on ne peut étouffer. Évidemment, l'imbécile, avec sa peur et ses beaux sentiments, ne risque rien. Qui vient de grommeler ? Pourquoi je ne suis pas descendu à terre me joindre aux hurlements et à la danse ? C'est vrai, je ne l'ai pas fait. À cause de mes beaux sentiments, dites-vous ? Au diable les beaux sentiments ! Je n'avais pas le temps, voilà tout. Je vous rappelle qu'il me fallait bricoler avec de la céruse et des bandes de lainage découpées dans des couvertures et en faire des pansements pour envelopper ces tuyaux qui fuyaient. Je devais aussi surveiller la barre, éviter ces fichus obstacles et faire avancer coûte que coûte ma casserole flottante. Il y avait assez de vérité en surface dans tout ça pour sauver un homme plus sage[122] que moi. Entre-temps, j'avais à m'occuper du sauvage qui chargeait la chaudière. C'était un spécimen amélioré[123], il pouvait donc activer une chaudière verticale. Il se tenait là en contrebas et, par Dieu, le regarder était à peu près aussi édifiant que de voir un chien de cirque obligé de marcher sur les pattes arrière et de porter un pantalon et un chapeau à plume. Voilà ce que quelques mois de dressage avaient fait de ce superbe garçon. Il louchait sur le manomètre à vapeur et sur le niveau d'eau dans un effort évident pour se montrer intrépide, alors même qu'il avait les dents limées, ce pauvre diable, des motifs bizarres tracés au rasoir sur sa caboche laineuse et trois cicatrices décoratives sur chaque joue ! Il aurait dû être sur la berge pour claquer des mains et taper des pieds, au lieu de quoi il travaillait dur, asservi à une machine étrangère et gavé de connaissances profitables. Il était utile parce qu'on l'avait instruit. Ce qu'il savait se ramenait à ceci : si l'eau dans ce bocal transparent venait à disparaître, l'esprit malin de la chaudière se mettrait en colère tant sa soif serait grande et sa vengeance serait terrible. Voilà pourquoi il suait à grosses gouttes, activait le feu et surveillait le verre avec inquiétude (sans oublier le gri-gri improvisé, fait de chiffons, qu'il s'était attaché au bras, et le morceau d'os poli, de la taille d'une montre, fiché à plat dans sa lèvre supérieure), tandis que nous dépassions lentement les rives boisées et le vacarme éphémère pour nous engager dans une immensité de silence. Nous avancions toujours, péniblement, vers

Kurtz. Mais les chicots étaient nombreux, l'eau perfide et maigre, et la chaudière semblait bel et bien habitée par un esprit grognon, si bien que ni ce chauffeur ni moi n'avions le temps de nous laisser aller à nos effrois.

« À quelque cinquante miles[124] en aval du Poste de l'Intérieur[125], nous découvrîmes une hutte de roseaux, un mât qui penchait tristement auquel flottaient les lambeaux méconnaissables de ce qui avait été un drapeau quelconque et un tas de bois bien rangé. C'était inattendu. Nous descendîmes à terre pour trouver sur le tas de bois un morceau de planche et, dessus, un message au crayon à demi effacé. Avec des efforts, nous parvînmes à déchiffrer : "C'est du bois pour vous. Faites vite. Approchez avec prudence." Il y avait une signature, mais elle était illisible; ce n'était pas Kurtz, mais un nom beaucoup plus long. Faire vite ? Pour aller où ? Vers l'amont ? "Approchez avec prudence." Ce n'est pas ce que nous avions fait. Mais cet avertissement ne pouvait concerner cet endroit puisqu'il fallait s'en être déjà approché pour le trouver. Il y avait des problèmes en amont. Mais de quelle nature et de quelle importance, telle était la question. Nous échangeâmes des commentaires sans indulgence sur l'imbécillité de pareil style télégraphique. Alentour, la brousse se taisait et, de plus, nous interdisait même de voir très loin. Un rideau de coton déchiré pendait à l'entrée de la hutte et nous claqua tristement à la figure. Il ne restait plus grand-chose à l'intérieur mais il était visible qu'un homme blanc avait vécu là récemment. Il y avait une table grossière (une planche sur deux montants), un tas d'ordures dans un coin sombre, et près de la porte, je ramassai un livre. La couverture avait disparu et on avait tellement feuilleté les pages qu'elles étaient toutes molles et fort crasseuses ; mais on avait amoureusement recousu le dos avec du fil de coton blanc qui paraissait encore propre. C'était une trouvaille extraordinaire. Intitulé *Étude de certains points de navigation*, il était d'un certain Towser, Towson, quelque chose d'approchant, capitaine dans la Marine de Sa Majesté le Roi[126]. Le sujet semblait d'une lecture assez ennuyeuse, avec ses illustrations de diagrammes et ses tables de chiffres peu alléchantes, et l'exemplaire était vieux de soixante ans. Je manipulai cette étonnante antiquité avec le plus de tendresse possible de peur qu'il ne me tombe en poussière dans les mains. À l'intérieur, Towson ou Towser étudiait avec zèle l'effort de rupture des chaînes et des palans des navires et autres questions du même ordre. Pas très passionnant comme livre. Pourtant, au premier coup d'œil, vous y déceliez une intention unique, un louable souci du travail bien fait qui donnait à ces humbles pages élaborées tant d'années auparavant un éclat différent des simples lumières professionnelles. Grâce à ce brave et simple marin et à ses histoires de chaînes et d'apparaux[127], j'oubliai la jungle et les pèlerins, et je m'abandonnai au sentiment délicieux d'avoir trouvé, sans l'ombre d'un doute, quelque chose de bien réel. Trouver un tel livre en un tel lieu était en soi surprenant. Mais les notes crayonnées dans la marge étaient bien plus effarantes encore et, de toute évidence, elles avaient trait au texte. Je ne pouvais en croire mes yeux ! Elles étaient en code ! Aucun doute, cela ressemblait à un code. Imaginez un homme qui trimbale avec lui un livre de ce genre, qui l'étudie, qui prend des notes, et des notes codées par-dessus le marché ! C'était une énigme[128] abracadabrante.

« Depuis un moment, j'avais vaguement conscience d'un bruit importun et, quand je levai les yeux, je vis que le tas de bois n'était plus là et que le directeur, secondé par tous les pèlerins, m'interpellait depuis la rive. Je vous avouerai qu'en interrompant ma lecture, j'eus l'impression de m'arracher à la protection d'une vieille et solide amitié.

« Je fis redémarrer mon malheureux moteur. "C'est sûrement ce misérable trafiquant, cet intrus", s'exclama le directeur en jetant un regard mauvais à l'endroit que nous venions de quitter. "Il doit être anglais", dis-je. "Ce n'est pas ce qui l'empêchera d'avoir des problèmes s'il n'y prend pas garde", grommela le directeur sombrement. D'un air innocent, je fis observer que personne en ce bas monde n'était à l'abri des problèmes.

« Le courant était maintenant plus rapide, le vapeur semblait à la dernière extrémité, la roue arrière tournait mollement et je me surpris à guetter avec angoisse chaque pulsation du bateau car à vrai dire, je m'attendais à ce que ce misérable engin rendît l'âme à chaque instant. C'était comme surveiller les dernières étincelles d'une vie. Pourtant, nous avancions toujours. Parfois, je repérais un arbre à quelque distance pour mesurer notre progrès vers Kurtz, mais je le perdais invariablement avant d'arriver à sa hauteur. Garder les yeux fixes si longtemps sur un seul objet n'était pas du ressort de la patience humaine. Le directeur faisait montre d'une belle résignation. Je rageais tant et plus et j'en vins à débattre avec moi-même si, oui ou non, je parlerais ouvertement avec Kurtz. Mais avant d'être parvenu à une conclusion, je compris brutalement que quelque attitude que j'adopte – parler ou garder le silence –, en fait, tout reviendrait au même[129]. Quelle importance, ce qu'on savait ou ce qu'on ignorait ? Quelle importance, le nom du directeur ? On a parfois de ces éclairs de perspicacité. Dans cette histoire, l'essentiel se trouvait en profondeur, loin sous la surface, hors de ma portée, et je n'aurais pas le pouvoir de m'en mêler.

« Dans la soirée du second jour, nous estimâmes être à huit miles[130] environ du poste de Kurtz. Je voulais continuer, mais le directeur prit un air grave et me dit que, plus loin, la navigation était si dangereuse qu'il serait raisonnable, le soleil étant déjà bas, d'attendre sur place jusqu'au lendemain matin. En outre, fit-il remarquer, une approche prudente signifiait une approche de jour, et non pas au crépuscule ou à la nuit. Huit miles, cela voulait dire presque trois heures de navigation pour nous et, de plus, je discernais à quelque distance sur l'eau des rides suspectes. Malgré tout, ce retard m'irrita plus que je ne peux dire et, il faut l'admettre, de manière insensée puisqu'une nuit de plus ne pouvait faire grande différence après tant de mois. Comme nous avions du bois en quantité et que la prudence était de rigueur, je mouillai au milieu du fleuve, qui était à cet endroit rectiligne et resserré entre de hauts remblais, semblable à une tranchée de chemin de fer. Le crépuscule vint s'y glisser longtemps avant[131] le coucher du soleil. Le fleuve poursuivait sa course régulière et rapide, mais sur les berges régnait une muette immobilité. On eût pu croire changés en pierres jusqu'à la branche la plus mince, jusqu'à la feuille la plus légère, tous ces arbres vivants amarrés les uns aux autres par les plantes rampantes et les broussailles vivantes à leur pied. Ce n'était pas du sommeil, c'était anormal comme une transe. On n'entendait aucun bruit d'aucune sorte. Saisi, on continuait à regarder jusqu'au moment où l'on finissait par se croire atteint de surdité et, alors, la nuit tombait d'un coup et on était frappé de cécité. À trois heures du matin environ, un gros poisson sauta et ce bruit d'eau me fit sursauter comme une détonation. Quand le soleil se leva, il y avait un brouillard blanc, chaud et poisseux, plus aveuglant que la nuit[132]. Il ne s'effilochait pas, ne bougeait pas : il restait là et vous entourait comme un mur. À huit ou neuf heures, il se leva comme se lève un rideau de fer. Nous eûmes le temps d'apercevoir la foule des arbres qui nous dominait, l'immense jungle enchevêtrée et la petite boule du soleil embrasé au-dessus, le tout parfaitement immobile, puis le rideau retomba sans heurts comme s'il suivait des rails bien graissés. J'ordonnai qu'on laissât à nouveau filer la chaîne que nous avions commencé à remonter. Elle n'avait pas terminé sa course, dans un bruit de ferraille assourdi, que s'éleva lentement dans l'air opaque un cri, un très grand cri d'une infinie tristesse. Il s'arrêta. Une clameur de lamentations, modulée en sauvages dissonances, éclata à nos oreilles. C'était tellement inattendu que mes cheveux se hérissèrent sous ma casquette. J'ignore ce que les autres ressentirent : pour moi, ce fut comme si la brume elle-même avait hurlé tant ce vacarme tumultueux et funèbre éclata brutalement et, semblait-il, de tous les côtés à la fois. Il culmina en une explosion précipitée de cris stridents au point d'être presque insupportables, puis il s'arrêta d'un seul coup, nous laissant crispés dans toutes sortes d'attitudes idiotes, l'oreille obstinément tendue vers le silence à peu près aussi excessif et terrifiant.

"Grand Dieu ! Que signifie... ?" bafouilla près de moi l'un des pèlerins, un petit gros à cheveux blonds et favoris roux, qui portait des bottillons à contreforts et un pyjama rose rentré dans ses chaussettes. Deux autres restèrent bouche bée une bonne minute, puis ils se précipitèrent dans la petite cabine pour en ressortir immédiatement, le regard apeuré et avec, dans les mains, une winchester[133] parée à faire feu. Tout ce que nous pouvions voir, c'était notre vapeur dont les contours apparaissaient flous comme s'il était sur le point de se dissoudre et, autour, un peu d'eau embrumée sur une largeur de deux pieds[134]. C'était tout. À en croire nos yeux et nos oreilles, le reste du monde n'était nulle part. Tout simplement nulle part. Disparu, parti : envolé sans laisser derrière lui ne serait-ce qu'un murmure ou une ombre.

« J'allai à l'avant et donnai l'ordre de virer à pic de façon à pouvoir déraper[135] l'ancre et faire bouger le vapeur immédiatement si nécessaire. "Vous croyez qu'ils vont attaquer ?" chuchota une voix terrifiée. "On va tous être massacrés dans ce brouillard", murmura une autre. Les visages se contractaient de nervosité, les mains tremblaient légèrement, les yeux ne cillaient plus. Il y avait un contraste curieux entre l'expression des Blancs et celle des Noirs de l'équipage. Ces derniers étaient autant que nous étrangers à cette partie du fleuve, même s'ils ne vivaient qu'à huit cents miles[136] de là. Les Blancs, très décomposés, bien sûr, avaient de plus, chose bizarre, l'air d'être douloureusement scandalisés par cet indigne vacarme. Les autres avaient une expression de vigilance et d'intérêt naturellement, mais leurs visages étaient calmes avant tout, même chez ceux qui grimaçaient en tirant sur la chaîne. Plusieurs eurent un grognement, un échange de quelques phrases brèves, et la question, pour eux, parut réglée de façon satisfaisante. Leur chef, un jeune Noir à large poitrine, drapé avec sévérité dans des tissus frangés d'un bleu sombre, les narines farouches et les cheveux rassemblés avec art en frisettes huileuses, se tenait près de moi. "Ah, ah!" fis-je, histoire d'être amical. "Att'ape-le, me dit-il d'un ton sans réplique, l'œil brutalement élargi, injecté de sang, et en découvrant ses dents acérées. Att'ape-le. Tu nous l'donnes." "À vous, c'est ça? demandai-je, pour en faire quoi?" "L'manger!" dit-il sèchement puis, s'appuyant du coude sur la rambarde, il se mit à contempler le brouillard dans une attitude profondément pensive et pleine de dignité. Sans aucun doute, j'aurais été dûment horrifié si je n'avais songé soudain que lui et ses hommes devaient être affamés et que, depuis au moins un mois, ils devaient souffrir chaque jour un peu plus de la faim. On les avait engagés pour six mois. À mon avis, pas un seul d'entre eux n'avait une notion claire du temps[137], comme celle que nous avons acquise après des éternités. Ils appartenaient encore à l'origine des temps, ils n'avaient pas, si l'on peut dire, l'expérience des générations antérieures. Et, bien entendu, puisqu'un morceau de papier avait été rempli conformément à telle ou telle loi ridicule promulguée en aval du fleuve, personne ne s'inquiéta de savoir comment ces hommes survivraient. Certes, ils avaient apporté avec eux de la viande pourrie d'hippopotame mais elle n'aurait pas pu durer très longtemps même si les pèlerins, lors d'un remue-ménage affreux, n'en avaient pas jeté de grosses quantités pardessus bord. Cela semblait un acte de tyrannie mais c'était véritablement un cas de légitime défense. On ne peut pas tout à la fois respirer du matin au soir et du soir au matin de l'hippopotame crevé et conserver un équilibre mental précaire. En plus, ils avaient reçu toutes les semaines trois morceaux de fil de cuivre, d'une longueur de neuf pouces[138] chacun environ et, en principe, cette monnaie devait leur permettre de s'approvisionner dans les villages riverains. Vous voyez d'ici comment ce système pouvait marcher ! Soit il n'y avait pas de villages, soit les populations se montraient hostiles, soit le directeur, qui, comme nous tous, se nourrissait de conserves, améliorées de temps à autre par un vieux bouc, refusait d'arrêter le vapeur pour des raisons plus ou moins obscures. Bref, je ne vois vraiment pas à quoi pouvait leur servir ce salaire mirobolant, à moins d'avaler le fil lui-même ou d'en faire des boucles pour attraper les poissons au collet. Cela dit, il leur était versé avec une régularité digne d'une grande et honorable compagnie commerciale. Pour le reste, je ne vis jamais en leur possession qu'une seule chose à manger, et encore n'avait-elle pas le moins du monde l'air mangeable : c'étaient des blocs de quelque chose qui ressemblait à de la pâte à moitié cuite, couleur lavande sale, qu'ils conservaient enveloppés dans des feuilles et dont ils mangeaient de temps en temps un morceau, mais un morceau si petit qu'ils semblaient le faire pour la forme plutôt que pour se sustenter vraiment. Pourquoi, au nom de tous les démons tenaillants de la faim, mais pourquoi ne se jetaient-ils pas sur nous ? À trente contre cinq, ils pourraient pour une fois s'en fourrer jusque-là ! Quand j'y pense aujourd'hui, je n'en reviens pas. Ils étaient grands, ces types, puissants, pas très capables de mesurer les conséquences, pleins de courage, et il leur restait des forces, même si leur peau n'était plus aussi luisante ni leurs muscles aussi durs. Je compris qu'une certaine retenue, un de ces mystères humains qui défient les probabilités, avait dû jouer[139]. Je finis par trouver ces hommes de plus en plus intéressants, non parce qu'il me vint à l'esprit qu'ils pourraient bien me manger avant longtemps mais parce que, vous l'avouerai-je, je fus frappé à ce moment précis – l'éclairage étant en quelque sorte différent[140] – par l'aspect malsain des pèlerins. Je me pris à espérer, oui, à espérer, que le mien était plus... comment dire ? Plus... appétissant : un soupçon de vanité bizarre qui s'accordait bien avec l'impression qui me poursuivait à cette époque de vivre un rêve éveillé. Peut-être avais-je aussi un peu de fièvre, mais on ne peut pas vivre en se prenant le pouls à longueur de journée. J'avais souvent "un peu de fièvre", ou un soupçon d'autre chose : les coups de patte taquins de la brousse, son badinage préliminaire avant l'assaut plus sérieux qui fut donné à son heure. Oui, je les observais comme vous feriez de n'importe quel être humain, curieux de connaître leurs impulsions, leurs mobiles, leurs capacités, leurs faiblesses, une fois confrontés à l'épreuve d'un opiniâtre besoin physique. De la retenue ! Et de quelle nature ? Était-ce de la superstition, du dégoût, de la patience, de la peur, ou bien une espèce d'honneur primitif ? Aucune peur ne résiste à la faim, aucune patience ne peut en venir à bout, et il n'y a pas de dégoût qui tienne devant la faim. Quant à la superstition, aux croyances, à ce que vous appelez peut-être des principes, ce n'est que menue paille dans le vent. Vous ne connaissez pas le caractère diabolique d'une famine qui se prolonge, la torture exaspérante, les sinistres pensées, la férocité des rêves sombres qu'elle provoque[141] ? Moi, si. Un homme a besoin de toute sa force intérieure pour résister convenablement à la faim. Il est plus facile en réalité de supporter le deuil, le déshonneur et la perdition de son âme que cette sorte de famine qui n'en finit pas. Triste mais vrai. De plus, ces gars n'avaient pas la moindre raison d'avoir des scrupules. De la retenue ! Autant attendre de la retenue chez une hyène rôdant parmi les cadavres d'un champ de bataille. Et pourtant, le fait était là, éblouissant, comparable à l'écume sur les profondeurs de la mer, à une ride sur une énigme insondable : mystère bien plus grand, réflexion faite, que cette note, curieuse et inexplicable, d'infini désespoir dans la clameur sauvage qui avait déferlé près de nous, sur la berge, derrière le brouillard aveugle et blanc.

« Deux pèlerins se querellaient en chuchotant, la voix précipitée, pour savoir sur quelle berge. "À gauche." "Mais non, bien sûr que non, à droite, c'est évident." "C'est très grave, dit la voix du directeur derrière moi. Je serais navré qu'il arrive quelque chose à M. Kurtz avant notre venue." Je le regardai et ne pus que constater sa sincérité. C'était tout à fait le genre d'homme à vouloir sauvegarder les apparences. C'était sa retenue à lui. Mais quand il marmonna qu'il fallait se remettre en route immédiatement, je ne pris même pas la peine de lui répondre. Je savais, et il le savait aussi, que c'était impossible. Si nous cessions de nous accrocher au fond, nous nous retrouverions dans l'air, dans l'espace, incapables de dire avec certitude où nous allions, si nous remontions, descendions ou traversions le courant, jusqu'au moment où nous toucherions l'une des deux rives, et alors nous ne saurions pas tout de suite laquelle. Bien entendu, je ne bougeai pas. Provoquer une catastrophe ne me disait rien. On n'aurait pu trouver pire endroit pour un naufrage[142]. Noyés sur le coup ou pas, nous étions de toute manière assurés d'une mort rapide. "Je vous autorise à prendre tous les risques", dit-il après une pause. "Je me refuse à en prendre aucun", lui dis-je sèchement. C'était exactement la réponse qu'il attendait, même si le ton employé avait peut-être de quoi le surprendre. "Eh bien, je dois m'en remettre à votre jugement. Vous êtes le capitaine[143]", dit-il avec une politesse appuyée. Pour tout remerciement, je lui tournai le dos et je contemplai le brouillard. Combien de temps durerait-il ? La perspective était absolument désespérante. Pour approcher ce Kurtz occupé à fouiller cette satanée brousse en quête d'ivoire, il fallait affronter autant de dangers que pour aller réveiller une princesse enchantée dans son château de légende. "Vous croyez qu'ils vont attaquer ?" demanda le directeur sur le ton de la confidence.

« Je ne le croyais pas, et pour plusieurs raisons évidentes, à commencer par l'épaisseur du brouillard. S'ils s'éloignaient de la rive dans leurs pirogues, ils se perdraient comme nous si nous tentions de bouger. Toutefois, je m'étais également aperçu que la jungle était impénétrable sur les deux rives et que, pourtant, des yeux étaient là, des yeux qui nous avaient vus. Les broussailles en bordure du fleuve étaient à coup sûr très épaisses mais, derrière, la végétation apparaissait clairsemée. Toujours est-il que lorsque le brouillard s'était brièvement levé, je n'avais vu aucune pirogue sur cette portion du fleuve, pas devant le vapeur en tout cas. Mais ce qui excluait selon moi le danger de l'attaque, c'était la nature du bruit, des cris que nous avions entendus. Ils n'avaient pas ce caractère féroce qui laissait présager des intentions hostiles immédiates. Malgré leur caractère imprévisible, sauvage et violent, ils m'avaient donné une impression irrésistible de souffrance. Pour une raison inconnue, la vue du vapeur avait inspiré à ces sauvages une peine effrénée. Le danger, pour autant qu'il y en eût, exposai-je, venait de ce que nous côtoyions une grande passion humaine qui se donnait libre cours. Même une peine extrême peut finalement trouver son expression dans la violence, mais en général, elle débouche sur l'apathie...

« Si vous aviez vu les regards des pèlerins ! Ils n'avaient pas le cœur à rire ni même à m'injurier, mais ils m'ont cru fou, peut-être fou de terreur. Je leur ai fait une vraie conférence. Mes chers amis, cela ne servait à rien de se tracasser. Monter la garde ? Vous pensez bien que tous les signes annonçant la dissipation du brouillard, je les guettais comme un chat guette une souris. Mais pour le reste, nos yeux ne nous étaient pas plus utiles que si nous avions été enfouis à des miles de profondeur sous une montagne de coton. Et c'était la même sensation : étouffante, chaude, suffocante. En outre, mes explications, malgré leur invraisemblance apparente, correspondaient à la réalité. Ce que nous appelâmes par la suite une "attaque" n'était en fait qu'une tentative pour nous repousser. L'action fut rien moins qu'agressive ; elle n'était même pas défensive au sens où on l'entend habituellement : elle fut lancée sous le coup du désespoir et c'était purement et simplement une mesure de protection.

« Elle se déclencha deux heures, dirais-je, après le lever du brouillard, en un point éloigné d'un mile et demi[144] environ du poste de Kurtz. Nous venions de doubler péniblement un coude quand je vis un îlot, un simple tertre herbeux d'un vert éclatant, au milieu du courant. C'était le seul exemple jusque-là mais, en avançant davantage, je m'aperçus que c'était l'extrémité d'un long banc de sable ou, plutôt, d'une série de hauts-fonds qui s'étiraient au milieu du fleuve. Ils étaient décolorés, à fleur d'eau, et on distinguait l'ensemble juste sous la surface comme on distingue chez un homme la colonne vertébrale qui affleure sous la peau. Apparemment, j'avais le choix de passer à droite ou à gauche. Certes, je ne connaissais pas plus un chenal que l'autre. Les rives avaient le même aspect, la profondeur semblait identique. Dans la mesure où, m'avait-on dit, le poste se trouvait sur le côté ouest, je me dirigeai naturellement vers le passage correspondant.

« Mais à peine étions-nous engagés que je discernai qu'il était beaucoup plus étroit que prévu.

À notre gauche, il y avait ce fameux banc ininterrompu et, à droite, la berge était haute, abrupte et envahie de broussailles denses. Au-dessus apparaissaient les arbres en rangs serrés. De nombreux rameaux surplombaient l'eau et, de loin en loin, un arbre projetait une grosse branche toute droite au-dessus du courant. L'après-midi était avancé, la forêt sinistre d'apparence, et un large pan d'ombre s'était déjà abattu sur l'eau. C'est dans cette ombre que nous continuâmes à progresser, très lentement comme vous pouvez l'imaginer. Je serrais au plus près du rivage, l'eau étant d'après la sonde plus profonde à cet endroit.

« L'un de mes copains si patients au ventre creux s'occupait de la sonde à l'avant, exactement au-dessous de moi. Ce vapeur avait tout du chaland ponté. Sur le pont, il y avait deux maisonnettes en teck avec portes et fenêtres. La chaudière était à l'avant, et les machines tout à fait à l'arrière. L'ensemble était protégé par un toit léger soutenu par des épontilles[145]. La cheminée traversait ce toit et, juste en face d'elle, une petite cabine faite de planches légères servait de poste de navigation. Elle contenait une couchette, deux pliants, un fusil Martini-Henry[146] chargé, debout dans un coin, une table minuscule, et la barre. Il y avait, devant, une large porte et un grand volet de chaque côté, le tout ouvert en permanence, bien entendu. C'est là que je passais mes journées, perché sur l'extrémité avant de ce toit, devant la porte.

La nuit, je dormais sur la couchette, ou du moins j'essayais. Un Noir athlétique, appartenant à quelque tribu de la côte et instruit par mon malheureux prédécesseur, faisait office de timonier. Il arborait des boucles d'oreilles en cuivre étincelantes, il portait une espèce de jupe bleue qui l'enveloppait jusqu'aux chevilles et le roi n'était pas son cousin. C'était un parfait imbécile à qui l'on ne pouvait absolument pas se fier. Il prenait un air tout à fait crâne pour barrer tant que vous étiez à proximité mais, dès qu'il ne vous voyait plus, il était pris d'une épouvantable frousse et, en un rien de temps, le malheureux vapeur n'en faisait plus qu'à sa guise.

« J'étais en train de regarder la sonde et je m'énervais de la voir, à chaque tentative, dépasser un peu plus de l'eau, quand brusquement mon sondeur laissa tout en plan et se jeta à plat ventre sur le pont sans même se soucier de remonter sa perche. Toutefois, il ne l'avait pas lâchée et elle se mit à traîner dans l'eau. Au même moment, le chauffeur, que je voyais également en contrebas, s'assit brutalement devant sa fournaise et rentra la tête dans les épaules. J'étais stupéfait. À cet instant, je dus me concentrer sans perdre une minute sur le fleuve à cause d'un écueil dans le chenal. Il y avait une nuée de bâtons dans l'air, des petits bâtons qui pleuvaient dru : ils sifflaient devant mon nez, tombaient sur le pont, allaient taper contre la cabine derrière moi. Et pendant tout ce temps, le fleuve, le rivage et les bois restaient silencieux, parfaitement silencieux. Je n'entendais que le clapotement sourd de la roue arrière et le crépitement de ces bouts de bois. Nous évitâmes le chicot de justesse. Des flèches, par Dieu ! On nous tirait dessus ! Je me précipitai à l'intérieur pour fermer le volet du côté du rivage. Ce crétin de timonier, les mains sur les poignées, levait les genoux en l'air, tapait des pieds, mâchonnait fébrilement comme un cheval tenu de court. La peste l'emporte ! Et dire qu'on se traînait à moins de dix pieds[147] de la rive. Je dus me pencher beaucoup pour ramener le lourd volet, et je vis un visage dans le feuillage, au même niveau que le mien, qui me lançait un regard féroce et résolu. Soudain, comme si l'on m'avait ôté un voile des yeux, je distinguai, enfouis dans les broussailles obscures, des poitrines nues, des bras, des jambes, des yeux menaçants : la brousse grouillait de bras et de jambes en mouvement, luisants et couleur de bronze. Les rameaux frémirent, oscillèrent et bruissèrent, une volée de flèches s'en échappa et c'est à ce moment que le volet se referma enfin. "Continue tout droit", dis-je au timonier. Il garda la tête bien raide, le visage vers l'amont ; mais il roulait les yeux, il continuait à taper doucement des pieds et il avait un peu de bave aux lèvres. "Tiens-toi tranquille", lui dis-je, fou de rage. Autant demander à un arbre de ne pas se balancer dans le vent ! Je me précipitai dehors. Au-dessous, il y avait une grande cavalcade sur le pont en fer et des exclamations confuses. Une voix hurla : "Est-ce qu'on peut faire demi-tour ?" J'aperçus une ride en forme de V sur l'eau. Bon sang, encore un chicot ? Une fusillade éclata sous mes pieds. Les pèlerins avaient ouvert le feu avec leurs winchesters et se contentaient d'arroser la brousse. Cela donna une sacrée quantité de fumée, qui s'éleva dans l'air et s'étira lentement vers l'amont. Je lâchai un juron : maintenant, il m'était impossible de voir cette ride et, à plus forte raison, l'écueil. Je restai sur le pas de la porte, les yeux écarquillés, sous une nuée de flèches. Elles auraient fort bien pu être empoisonnées, mais elles avaient l'air inoffensif et semblaient incapables de tuer un chat. La brousse se mit à hurler. Nos coupeurs de bois lancèrent un cri de guerre. Je fus assourdi par la détonation d'un fusil juste derrière moi. Un coup d'œil par-dessus mon épaule et, alors que le bruit et la fumée ne s'étaient pas encore dissipés dans la cabine, j'étais déjà à la barre : cet abruti de nègre avait tout laissé tomber pour ouvrir le volet et tirer avec le Martini-Henry. L'air féroce, il se tenait devant la fenêtre grande ouverte. Je lui criai de revenir tout en redressant ce fichu vapeur qui avait fait un crochet brutal. Il n'y avait pas la place pour faire demi-tour même si je l'avais voulu. Le chicot était là devant, tout proche, quelque part dans cette damnée fumée ; il n'y avait pas de temps à perdre, aussi piquai-je droit sur la rive, là où je savais que l'eau était profonde.

« Nous continuâmes aussi vite que possible à travers la végétation qui nous surplombait dans un tourbillon de branches cassées et de feuilles arrachées. Au-dessous, la fusillade s'arrêta net, comme je l'avais prévu, faute de munitions. Je rejetai la tête en arrière pour éviter un trait de lumière qui, entré par une fenêtre, ressortit par l'autre après avoir traversé la cabine. Ce dingue de pilote agitait le fusil déchargé et lançait des imprécations vers le rivage, où je vis des formes humaines courir, courbées en deux, bondir, glisser, indistinctes, partielles, évanescentes. Une masse jaillit dans l'air, devant la fenêtre, le fusil tomba par-dessus bord, l'homme recula vivement d'un pas. Il tourna la tête pour me regarder, d'une manière extraordinairement profonde et familière, et puis il s'écroula sur mes pieds. Il donna deux fois de la tête contre la barre et l'extrémité de ce qui ressemblait à une longue canne renversa avec fracas un petit pliant. On eût dit que l'homme l'avait arrachée, avec beaucoup d'efforts, des mains de quelqu'un sur le rivage, et qu'il avait fini par perdre l'équilibre. La fumée peu épaisse s'était dissipée, nous avions passé l'écueil et, en regardant droit devant, je vis que cent yards[148] plus loin environ, je pourrais enfin m'éloigner de la berge. Mais la sensation de chaleur et d'humidité sur mes pieds était telle qu'il me fallut regarder ce qui se passait. L'homme avait roulé sur le dos et me regardait fixement. Des deux mains, il s'agrippait à cette canne.

C'était la hampe d'une lance qui, lancée ou poussée par l'ouverture, l'avait atteint au flanc, juste sous les côtes. La lame avait disparu dans les chairs en provoquant une épouvantable entaille. J'avais les chaussures pleines de sang et il y avait une flaque immobile, d'un rouge sombre et luisant, sous la barre. Ses yeux brillaient avec un éclat incroyable. La fusillade reprit. Il me regarda d'un air inquiet, en s'accrochant à la lance comme à un objet précieux et comme s'il avait peur que je veuille la lui prendre. Je dus faire un effort pour détourner mon regard et me concentrer sur le pilotage. Je tâtonnai d'une main au-dessus de ma tête pour trouver le cordon du sifflet à vapeur et je tirai dessus précipitamment à plusieurs reprises pour qu'il fasse entendre sa voix stridente. Le tumulte guerrier des hurlements de colère en fut stoppé net, mais des profondeurs des bois jaillit une lamentation frémissante qui n'en finissait plus, grosse d'une terreur si mélancolique et d'un accablement sans fond, telle celle qu'on pourrait imaginer entendre après l'anéantissement du dernier espoir sur la terre. Il y eut un grand branle-bas dans les fourrés, la pluie de flèches s'arrêta. Quelques traits qui manquèrent leur but retombèrent avec un bruit sec, puis ce fut le silence, dans lequel me parvint clairement le battement languissant de la roue à aubes. Je mettais à droite toute quand le pèlerin en pyjama rose, tout agité et suant, fit son apparition à la porte. "Le directeur m'envoie…"

commença-t-il sur un ton officiel, mais il s'interrompit brusquement. "Dieu du ciel!" s'exclama-t-il, les yeux rivés sur l'homme blessé.

« Nous autres Blancs sommes restés là à le contempler, et il nous a enveloppés tous les deux de son regard brillant et interrogateur. Cela lui donnait l'air d'être prêt à nous poser quelque question dans un langage compréhensible, mais il est mort sans émettre un seul son, sans un mouvement des membres, sans un frémissement des muscles. C'est seulement à l'ultime instant, comme en réponse à un signal invisible ou à un murmure inaudible, qu'il a froncé les sourcils, imprégnant ainsi son visage noir d'un masque de mort incroyablement sombre, mélancolique et menaçant. Le lustre du regard interrogateur s'effaça rapidement pour faire place à une vacuité vitreuse. "Vous pouvez tenir la barre?" demandai-je à l'agent en toute hâte. Il eut un air dubitatif, mais je lui saisis le bras et il comprit immédiatement qu'il n'avait pas le choix. Pour tout vous dire, j'avais une seule idée en tête, l'envie obsédante de changer de chaussures et de chaussettes. "Il est mort", murmura le type, très impressionné. "Il n'y a pas de doute, fis-je en tirant comme un malade sur mes lacets. À ce propos, je suppose que maintenant M. Kurtz l'est aussi."

« Pour le moment, c'était mon souci majeur. J'avais un sentiment de déception extrême, comme en découvrant que je m'étais efforcé d'atteindre une chose totalement dépourvue de substance. Mon dégoût n'aurait pas été plus prononcé si j'avais fait tout ce chemin dans le seul but de parler avec M. Kurtz. Parler... Je jetai une chaussure par-dessus bord et je compris que tel avait été mon désir : une conversation avec M. Kurtz. Bizarrement, je découvris aussi que je ne l'avais jamais imaginé en train de FAIRE quelque chose, mais seulement en train de discourir. Je ne me suis pas dit : "Maintenant, je n'aurai plus l'occasion de le voir", ou : "Maintenant, je n'aurai plus l'occasion de lui serrer la main", mais : "Maintenant, je n'aurai plus l'occasion de l'entendre." L'homme n'était qu'une voix. Bien entendu, il était aussi lié à une certaine activité : on m'avait assez raconté, sur tous les tons de la jalousie et de l'admiration, qu'il avait rassemblé, troqué, escroqué ou volé plus d'ivoire que tous les autres agents réunis. Mais ce n'était pas l'essentiel. L'essentiel, c'était qu'il était doué et que, de tous ses dons, le plus remarquable, celui qui lui donnait une réelle présence, c'était son aptitude à parler, son verbe ; ce don de l'expression, déroutant, lumineux, ce talent des plus nobles et des plus méprisables, flot vibrant de lumière ou flot de mensonges, jailli du cœur des impénétrables ténèbres.

« La deuxième chaussure alla rejoindre la première chez le dieu démoniaque du fleuve. J'ai songé : Bon sang, c'est fini, nous arrivons trop tard, il a disparu. Ce talent a disparu par la lance, la flèche ou le gourdin. Finalement, je n'entendrai pas ce type parler. Et ma peine revêtait une acuité incroyable et faramineuse, semblable à celle que j'avais remarquée dans les hurlements affligés de ces sauvages dans la brousse. Je ne me serais pas senti plus solitaire et misérable si on m'avait dépouillé d'une foi, ou si j'avais raté ma destinée sur terre... Mais qui donc soupire de la sorte ? Je suis absurde ? D'accord, absurde. Bon Dieu, est-ce qu'un homme n'a pas le droit de... Allons, passez-moi du tabac. » Il y eut un instant de silence total, puis une allumette craqua et le visage maigre de Marlow apparut, fatigué, creusé, avec ses rides verticales et ses paupières baissées, un visage tendu par la réflexion. Et tandis qu'il tirait violemment sur sa pipe, il semblait s'éloigner dans la nuit ou se rapprocher à la lueur régulière de la flamme minuscule. L'allumette s'éteignit.

« Absurde ! s'exclama-t-il. C'est cela le pire quand on tente de raconter... Vous voilà tous, chacun amarré à deux bonnes adresses, comme un ponton à ses deux ancres, avec un boucher[149] à un bout de la rue et un policier à l'autre. L'appétit est excellent et la température normale, vous m'entendez : normale à longueur d'année. Et vous dites : Absurde ! Allez au diable, vous et votre absurdité ! Enfin ! Qu'espérez-vous d'un homme qui, par nervosité pure, vient de balancer par-dessus bord une paire de chaussures neuves ? Maintenant que j'y pense, c'est étonnant que je n'aie pas pleuré, au point où j'en étais ! En général, je suis plutôt fier de ma fermeté, et voilà que j'étais atteint au plus profond à l'idée que je ne connaîtrais pas l'inestimable privilège d'entendre le talentueux Kurtz. Comme de juste, j'avais tort. Je l'aurais, ce privilège. Et j'en ai même entendu plus qu'assez. D'un autre côté, j'avais raison. Une voix. Il n'était guère que cela et je l'ai entendu, lui, cette voix, d'autres voix. Tous étaient si peu de chose en dehors de leur voix... Le souvenir de cette époque-là s'attarde en moi, impalpable. On dirait la dernière vibration d'un bavardage invétéré mais atroce, sordide, sauvage ou simplement mesquin et dépourvu de toute portée[150]. Des voix, rien que des voix... même la jeune fille... aujourd'hui... »

Il resta longuement silencieux.

« C'est avec un mensonge que j'ai finalement exorcisé le fantôme de ses talents, reprit-il soudainement. Une jeune fille ! Comment ? Est-ce que j'ai mentionné une fille ? Oh, elle n'est pas dans le coup, pas du tout. Les femmes ne sont en général pas dans le coup et elles n'ont pas de raison d'y être. Notre devoir, c'est de les aider à rester dans le monde magnifique qui est le leur, si nous ne voulons pas que le nôtre empire. Oh, il ne fallait pas qu'elle soit dans le coup. Si vous aviez entendu le corps exhumé de M. Kurtz dire : "ma Promise[151]" ! Alors vous auriez tout de suite compris à quel point elle était en dehors de tout cela. Et ce noble et haut front de M. Kurtz ! On dit que parfois les cheveux continuent à pousser[152], mais ce..., disons spécimen, avait la calvitie impressionnante.

La nature sauvage lui avait affectueusement tapoté la tête et, miracle, l'avait transformée en boule, en boule d'ivoire ; sous la caresse, voici que l'homme s'était desséché. Cette nature l'avait pris, aimé, étreint ; elle avait pénétré ses veines, consumé sa chair et scellé son âme à la sienne grâce aux rituels inconcevables d'une initiation diabolique[153]. Elle en avait fait son favori, son enfant gâté et dorloté. L'ivoire ? Je pense bien ! Des tas, des montagnes d'ivoire. La vieille masure en pisé regorgeait d'ivoire. On eût pu croire qu'il ne restait plus une seule défense d'éléphant dans tout ce pays ou dans son sous-sol. "Fossile en majorité", avait fait remarquer le directeur sur un ton méprisant. Cet ivoire n'était pas plus fossile que moi, mais c'est ainsi qu'ils l'appellent quand il a été trouvé dans la terre. Il semble que ces nègres enterrent parfois les défenses, mais de toute évidence, ils ne pouvaient enterrer assez profondément ce lot pour sauver M. Kurtz de son destin. Nous avons rempli le vapeur, et une grande partie dut être empilée sur le pont. Ainsi il prit plaisir à le contempler tant qu'il put y voir, car il resta jusqu'au bout conscient d'avoir bénéficié d'un traitement de faveur. Vous auriez dû l'entendre dire "mon ivoire" ! Oh, oui, je l'ai entendu : "Ma Promise, mon ivoire, mon poste, mon fleuve, mon…" Tout lui appartenait. Je retenais mon souffle, certain que la nature sauvage allait faire entendre un éclat de rire prodigieux qui secouerait les étoiles immobiles sur leur axe[154].

« Tout lui appartenait, mais ce n'était qu'un détail. L'important, c'était de savoir à quoi il appartenait, lui, et combien de puissances ténébreuses pouvaient revendiquer leurs droits sur lui. Quand vous y pensiez, vous aviez la chair de poule. Il était impossible d'essayer d'imaginer et, de plus, ça ne vous faisait aucun bien. Il avait occupé une place d'honneur parmi les démons du pays, littéralement, veux-je dire. Vous ne pouvez pas comprendre. Comment le pourriez-vous, vous qui sentez le pavé bien stable sous vos pieds, vous qui êtes entourés d'aimables voisins prêts à vous remonter le moral ou à vous enfoncer, vous qui marchez à pas comptés entre le boucher et l'agent de police, avec votre sainte horreur du scandale, des galères et des asiles de fous ? Comment pouvez-vous imaginer dans quelle région particulière des premiers âges peut se laisser conduire un homme libre de toute contrainte, sous l'emprise de la solitude (la vraie solitude, sans un seul policier), sous l'emprise du silence (le vrai silence, sans un voisin aimable pour vous crier : "Casse-cou" et vous rappeler l'opinion publique[155]) ? Ces petites choses font toute la différence. Une fois qu'elles ont disparu, il ne vous reste que votre propre force intérieure, votre propre aptitude à la loyauté. Bien entendu, il est possible que vous soyez trop stupide pour mal tourner, trop épais même pour vous apercevoir que vous êtes assailli par les puissances des ténèbres. Je suis bien certain qu'aucun imbécile n'a jamais vendu son âme au diable[156] : l'imbécile est trop imbécile ; ou alors le diable est trop diabolique, je ne sais pas. Il se peut encore que vous soyez une créature excessivement exaltée au point d'être aveugle et sourd à tout ce qui ne vient pas du ciel. Dans ce cas, la terre n'est pour vous qu'un point d'appui. Gagnez-vous ou perdez-vous à être ainsi, je ne me hasarderai pas à le dire. Mais la majorité d'entre nous n'appartient ni à l'une ni à l'autre catégorie. Pour nous, la terre est l'endroit où nous vivons et nous devons nous accommoder de ses spectacles, de ses bruits, et aussi de ses odeurs, par Dieu ! Respirer l'hippopotame crevé, par exemple, sans être infecté ! Et c'est là, comprenez-vous, que votre force a son rôle à jouer, et la foi que vous avez en votre aptitude à creuser des trous discrets pour y enterrer ce machin ; la foi en votre capacité de dévouement, non pas à vous-même mais à une tâche épuisante et sans gloire. Et c'est bien assez difficile. Remarquez, je n'essaie pas d'excuser ni même d'expliquer M. Kurtz, je voudrais seulement qu'il... que l'ombre de M. Kurtz me rende raison. Ce spectre initié, revenu du fond du Néant, m'a honoré de son incroyable confiance avant de s'évanouir définitivement, parce qu'à moi, il pouvait parler anglais. À l'origine, Kurtz avait été élevé en partie en Angleterre et, ainsi qu'il eut la bonté de le préciser, ses sympathies allaient là où il le fallait. Sa mère était à moitié anglaise, son père à moitié français. Toute l'Europe a contribué à l'élaboration de M. Kurtz[157]. Et peu à peu, j'ai appris que tout naturellement, la Société internationale pour l'abolition des coutumes barbares lui avait demandé un rapport pour orienter sa conduite dans le futur.

« Non seulement il en avait été chargé mais il l'avait bel et bien écrit : je l'ai vu, je l'ai même lu. C'était un rapport éloquent, vibrant d'éloquence, mais trop exalté d'après moi. Il avait trouvé le temps de couvrir dix-sept pages d'une écriture serrée ! Il avait dû le faire avant que ses... disons, ses nerfs se dérèglent et le poussent à présider certains bals nocturnes qui se terminaient par des rites révoltants et qui (d'après les diverses rumeurs que je fus contraint d'entendre sans enthousiasme) lui étaient offerts. Vous comprenez ? Offerts à M. Kurtz en personne. Peu importe, c'était un essai admirablement écrit. Toutefois, rétrospectivement, je suis aujourd'hui frappé par la menace inscrite entre les lignes du premier paragraphe. Son point de départ était que nous autres Blancs, de par le niveau de développement que nous avions atteint, "devions nécessairement leur apparaître (aux sauvages) comme des êtres surnaturels. Face à eux, nous avions presque la force d'une divinité", etc., etc. "Par notre seule volonté, nous avons un pouvoir de faire le bien pratiquement illimité", etc., etc. À ce stade, il s'envolait et je l'ai suivi. La péroraison était superbe mais difficile à retenir. Elle évoquait pour moi une

Immensité exotique gouvernée par une auguste Bienveillance. Je vibrais d'enthousiasme. C'était le pouvoir illimité de l'éloquence, des mots, des mots d'une ardente noblesse. Aucune considération pratique ne venait interrompre le flot magique des phrases, sauf à voir dans l'espèce de note au bas de la dernière page, gribouillée d'une écriture tremblante et, de toute évidence, beaucoup plus tard, l'exposé d'une méthode. Elle était très simple et, venant après cet appel à toutes les formes d'altruisme, elle vous brûlait, lumineuse et terrifiante, comme un éclair dans un ciel serein : "Exterminez-moi toutes ces brutes[158] !" Le plus curieux, c'est qu'il avait apparemment tout oublié[159] de ce précieux post-scriptum car, plus tard, lorsqu'il reprit un peu ses esprits, il me supplia maintes fois de prendre bien soin de son "opuscule" (comme il l'appelait) parce qu'il ne faisait pas de doute que sa carrière future s'en trouverait influencée en bien. Dans ce domaine, je savais tout ce qu'il y avait à savoir et, de plus, les choses se passèrent de telle sorte que le soin de sa mémoire m'incomberait. Ce que j'ai fait pour elle me donne le droit incontestable de la déposer, si tel est mon choix, dans la poubelle du progrès, afin qu'elle y repose éternellement parmi toutes les balayures et, si l'on veut parler au figuré, parmi tous les chats crevés de la civilisation. Mais, voyez-vous, je ne suis pas en mesure de choisir. Il ne sera pas oublié. Malgré tout, il n'était pas commun. Il avait le pouvoir de charmer ou d'effrayer des âmes primitives et de leur faire tenir de véritables sabbats en son honneur. Il pouvait aussi inspirer aux petites âmes des pèlerins quantité de doutes amers. Mais il possédait au moins un ami dévoué[160] et il avait su établir son emprise sur une âme[161] qui n'était ni primitive ni souillée d'égoïsme. Non, je ne l'oublierai pas, même si je ne suis pas certain que ce type était tout à fait digne de la vie[162] que nous avons sacrifiée pour le rejoindre. Mon timonier m'a horriblement manqué ; il me manquait déjà alors que son corps gisait encore dans la cabine de pilotage[163]. Peut-être trouverez-vous étrange que j'aie regretté un sauvage qui ne comptait pas plus qu'un grain de sable dans un Sahara noir. C'est, voyez-vous, qu'il avait accompli quelque chose : il avait piloté. Pendant des mois, il s'est tenu derrière moi comme un assistant, comme un instrument. C'était une espèce d'association. Il tenait le gouvernail à ma place et moi, je devais le surveiller, je me faisais du souci à cause de ses défauts. Il s'était ainsi créé un lien subtil dont je ne pris conscience que lorsqu'il se brisa soudain. Et la profonde intimité du regard qu'il me lança en recevant sa blessure est encore présente à ma mémoire, comme l'affirmation d'une lointaine parenté revendiquée à l'heure suprême.

« Pauvre crétin, si seulement il n'avait pas touché au volet ! Il était dépourvu de retenue, entièrement, tout comme Kurtz : un arbre qui oscille dans le vent. Aussitôt après avoir enfilé une paire de pantoufles sèches, je l'ai traîné dehors, non sans avoir auparavant arraché la lance de son flanc – ce que je fis les yeux fermés, je dois l'avouer. Ses talons sautèrent ensemble la petite marche de l'entrée, ses épaules étaient serrées contre ma poitrine ; je le tenais par-derrière, désespérément. Oh ! il était lourd, si lourd, je suis sûr que c'était l'homme le plus lourd de la terre. Et puis, sans plus de cérémonie[164], je l'ai basculé par-dessus bord. Le courant s'en est emparé comme d'un brin d'herbe, et j'ai vu le corps rouler deux fois sur lui-même avant de disparaître à jamais. Tous les pèlerins et le directeur étaient alors rassemblés sur le pont-abri et bavassaient comme un troupeau de pies surexcitées. Ma hâte et mon absence de sensibilité leur inspirèrent un murmure scandalisé. J'ignore pour quelle raison ils voulaient garder le corps à portée de main, pour l'embaumer peut-être. Mais un autre murmure, plein de menaces celui-là, me parvint du pont inférieur. Mes amis les coupeurs de bois étaient également scandalisés et avaient de meilleures raisons de l'être, même si ces raisons étaient inadmissibles. Tout à fait inadmissibles ! Je m'étais juré que si mon défunt timonier devait être dévoré, il ne le serait que par les poissons. Vivant, il avait été un timonier de qualité médiocre, mais maintenant qu'il était mort, il aurait pu devenir une tentation de premier choix et provoquer des problèmes à n'en plus finir. Et puis j'avais hâte de reprendre la barre parce que l'homme en pyjama rose se montrait en la matière le dernier des empotés.

« C'est ce que je fis aussitôt après la simple cérémonie funèbre. Nous allions à mi-vitesse, en restant bien au milieu du courant, et je me mis à écouter ce qui se disait autour de moi. Ils avaient abandonné tout espoir de retrouver Kurtz ou le poste. Kurtz était mort et le poste avait été incendié, etc., etc. Le pèlerin rouquin était tout excité à l'idée qu'au moins ce malheureux Kurtz avait été convenablement vengé : "Dites donc ! On a dû en massacrer une jolie tripotée, hein ? Qu'est-ce que vous en pensez, hein ?" Il en dansait de joie, ce sale petit rouquin sanguinaire. Dire qu'il s'était presque évanoui à la vue de l'homme blessé ! Je ne pus m'empêcher de lui lancer : "En tout cas, vous nous avez joliment enfumés." J'avais vu, à la façon dont la cime des buissons s'agitait et bruissait, que presque tous les coups de feu étaient passés trop haut. On ne peut rien toucher à moins de viser et de tirer à hauteur d'épaule, or tous ces gars tiraient à hauteur de hanche et les yeux fermés. La débandade avait été provoquée, leur assurai-je (et j'avais raison), par le bruit strident du sifflet à vapeur. Là-dessus, ils oublièrent Kurtz pour s'indigner et protester à grands cris.

« Le directeur vint près de la barre pour me dire, sur le ton de la confidence, qu'il fallait de toute manière redescendre le fleuve aussi loin que possible avant la tombée de la nuit. À ce moment, je vis, au loin, une clairière sur la berge et la silhouette d'une espèce de bâtiment. "Qu'est-ce que c'est ?" demandai-je. Il frappa des mains, tout étonné : "Le comptoir !" s'exclama-t-il. J'obliquai immédiatement vers la rive, toujours à mi-vitesse.

« Dans mes jumelles[165], je vis la pente d'une colline plantée de quelques rares arbres et sans aucune broussaille. Au sommet, un bâtiment allongé en mauvais état se dissimulait à moitié dans l'herbe haute. On voyait de loin les grands trous noirs et béants dans le toit en pointe, sur l'arrière-plan de la jungle et des bois. Il n'y avait ni clôture ni palissade d'aucune sorte, mais il avait dû en exister une auparavant car, près de la maison, une demi-douzaine de minces poteaux étaient encore alignés, grossièrement émondés, et leur sommet s'ornait de boules rondes et sculptées. Les rambardes, ou ce qui en tenait lieu entre les poteaux, avaient disparu. Bien entendu, tout cela était cerné par la forêt. Les abords du fleuve étaient défrichés et, au bord de l'eau, je vis un homme blanc coiffé d'un chapeau grand comme une roue de charrette, qui nous faisait signe d'approcher à tour de bras. Examinant l'orée de la forêt à sa droite et à sa gauche, je fus presque certain de déceler des mouvements, des formes humaines qui glissaient çà et là. Prudemment, je dépassai l'homme, puis coupai les moteurs et laissai le vapeur redescendre avec le courant. Sur le rivage, l'homme se mit à crier pour nous exhorter à débarquer. "Nous avons été attaqués", s'égosilla le directeur. "Je sais, je sais, mais tout va bien, hurla l'autre en réponse, avec la plus grande jovialité. Venez donc. Tout va bien. Ravi de vous voir."

« Par son apparence, il me rappelait quelque chose, quelque chose d'amusant que j'avais vu quelque part... Tout en manœuvrant pour accoster, je me demandais ce que ce type pouvait bien me rappeler. Cela me revint d'un coup. Il me rappelait un arlequin. À l'origine, ses vêtements étaient faits d'un tissu qui était probablement de la toile de Hollande marron, mais ils étaient entièrement reprisés de pièces éclatantes, bleues, rouges et jaunes[166] : des pièces dans le dos, sur le devant, aux coudes, aux genoux ; un liseré de couleur autour de la veste, une bande écarlate dans le bas de son pantalon. Cela faisait très gai dans le soleil, et aussi merveilleusement net parce qu'on pouvait voir que c'était du travail soigné. Un visage de jeune garçon imberbe, très blond, sans rien de remarquable, avec un nez qui pelait et des petits yeux bleus ; un visage ouvert qui souriait et s'assombrissait tour à tour comme une plaine balayée par le vent où se succèdent l'ombre et le soleil. "Attention, capitaine ! cria-t-il, il y a un tronc d'arbre à cet endroit depuis la nuit dernière." "Quoi ? Encore un ?" J'avoue que je lâchai un affreux juron. J'avais failli déchirer mon rafiot pour couronner cette charmante excursion ! L'arlequin sur la berge leva vers moi son petit nez en pied de marmite : "Vous Anglais ?" demanda-t-il tout sourire. "Et vous ?" criai-je sans lâcher la barre. Le sourire disparut et il secoua la tête comme s'il était navré de me décevoir. Mais il retrouva sans tarder sa bonne humeur. "Tant pis", s'écria-t-il d'un ton encourageant. "Arrivons-nous à temps?" demandai-je. "Il est là-haut", répondit-il en désignant la colline de la tête, le visage sombre d'un seul coup. Ce visage était pareil à un ciel d'automne, couvert un instant et ensoleillé l'instant d'après.

« Une fois le directeur et son escorte de pèlerins armés jusqu'aux dents partis en direction de la maison, ce gars est monté à bord. "Dites-moi, je n'aime pas beaucoup ça, il y a des indigènes dans ces broussailles." Avec une belle assurance, il me répondit que tout allait bien. "Ce sont des gens simples, ajouta-t-il. Mais je suis bien content que vous soyez là, je passais tout mon temps à les empêcher d'approcher." "Mais vous avez dit que tout allait bien!" m'écriai-je. "Oh, ils n'avaient pas de mauvaises intentions", dit-il, mais comme je le dévisageais, il se reprit : "Enfin, pas vraiment." Puis, avec entrain : "Ma foi, votre cabine de pilotage a besoin d'un bon nettoyage!" Sans reprendre son souffle, il me conseilla de laisser la chaudière sous pression afin de pouvoir actionner le sifflet en cas de besoin. "Un seul couinement de ce sifflet vous sera plus utile que tous vos fusils. Ce sont des gens simples", répéta-t-il. Il avait un tel débit que j'en étais confondu. On avait l'impression qu'il tentait de se rattraper après une longue période de silence et, en fait, il me laissa entendre en riant que tel était bien le cas. "Est-ce que vous ne parlez pas avec M. Kurtz?" demandai-je. "Avec un homme comme lui, vous ne parlez pas, vous écoutez, s'exclama-t-il sur un ton à la fois sévère et exalté. Mais maintenant..." Il eut un geste du bras et, la seconde d'après, il était en proie à la plus noire tristesse. L'instant suivant, il en émergeait avec un sursaut, s'emparait de mes deux mains et, sans cesser de les serrer avec fougue, il se lança à perdre haleine : "Marin aussi... un honneur... un plaisir... merveilleux... me présenter... Russe... fils d'un archiprêtre... Gouvernement de Tambov[167]... Comment? Du tabac! Du tabac anglais, l'excellent tabac anglais! Ça, c'est de la camaraderie! Si je fume? Connaissez-vous un marin qui ne fume pas?"

« La pipe le calma et, peu à peu, je réussis à comprendre qu'il s'était enfui de l'école, qu'il avait pris la mer sur un navire russe; s'était sauvé à nouveau, avait servi quelque temps dans la marine anglaise; qu'il était maintenant réconcilié avec l'archiprêtre. Il insista là-dessus. "Mais, quand on est jeune, il faut voir le monde, accumuler les expériences et les idées, s'ouvrir l'esprit." "Ici?" interrompis-je. "On ne peut jamais savoir! Ici, j'ai rencontré M. Kurtz", dit-il avec un air de reproche et de solennité juvénile. Je me le tins pour dit. Apparemment, il avait obtenu d'une entreprise commerciale hollandaise de la côte qu'elle lui confie des vivres et de la marchandise, et il s'était enfoncé vers l'intérieur du pays, le cœur léger et sans la moindre idée de ce qu'il adviendrait de lui. Un gosse. Pendant presque deux ans, il avait erré à proximité de ce fleuve, coupé de tous et de tout. "Je ne suis pas aussi jeune que j'en ai l'air. J'ai vingt-cinq ans, dit-il. Au début, le vieux Van Shuyten me disait d'aller au diable, continua-t-il, prenant un visible plaisir à son récit, mais je ne l'ai pas lâché d'une semelle et j'ai parlé sans arrêt, tellement parlé qu'il a fini par croire que j'allais continuer jusqu'à la saint-glinglin. Alors, il m'a refilé un peu de camelote, quelques fusils et il m'a dit qu'il espérait ne jamais me revoir. Un chic type, ce vieux Van Shuyten. Je lui ai expédié un petit lot d'ivoire l'année dernière pour qu'il ne puisse pas me traiter de voleur quand je rentrerai. Le reste, je m'en moque. J'ai fait préparer un tas de bois pour vous, près de mon ancienne maison ; vous l'avez trouvé ?"

« Je lui donnai le livre de Towson. Je crus qu'il allait me sauter au cou mais il se retint. "Le seul livre qui me restait, et je pensais l'avoir perdu, dit-il, en le contemplant avec extase. Il arrive tant d'accidents quand on voyage seul, vous savez. Parfois, les pirogues se retournent... ou parfois, il faut partir si vite, quand les gens se mettent en colère." Il feuilletait les pages. "Vos notes sont en russe ?" Il me fit signe que oui. "J'ai cru qu'elles étaient écrites en code." Il se mit à rire puis redevint sérieux : "J'ai eu beaucoup de mal à empêcher ces gens d'approcher." "Ils voulaient vous tuer ?" demandai-je. "Oh non !" s'écria-t-il, puis il s'arrêta net. "Mais pourquoi nous ont-ils attaqués ?" insistai-je. Il hésita, avant de dire, l'air embarrassé : "Ils ne veulent pas qu'il s'en aille." "Vraiment ?" J'étais curieux. Il fit un signe d'assentiment plein de mystère et de sagesse. "Je vous le dis, s'exclama-t-il, cet homme m'a ouvert l'esprit." Et il écarta grand les bras, tout en me dévisageant de ses petits yeux bleus et parfaitement ronds[168]. »

3

« Je le contemplai à mon tour, totalement effaré. Il était là devant moi, dans son costume bariolé, l'air de s'être échappé d'une troupe de bouffons : enthousiaste, fabuleux. Son existence même était improbable, inexplicable, déroutante au plus haut point. Il me posait un problème insoluble. Comment avait-il survécu ? Comment avait-il réussi à faire tant de chemin ? Comment avait-il pu rester et pourquoi ne disparaissait-il pas sur l'heure ? Tout cela était inconcevable. "J'ai poussé un peu plus loin, dit-il, et puis encore un peu, et finalement je me suis retrouvé si loin de tout que je doute de jamais pouvoir revenir en arrière. Mais ça ne fait rien, j'ai tout mon temps, je m'en sortirai. Mais emmenez Kurtz rapidement ; rapidement, croyez-moi." La jeunesse auréolait de charme ses oripeaux multicolores, son dénuement, sa solitude, la désolation essentielle de sa futile errance. Depuis des mois, des années, sa vie ne tenait qu'à un fil mais il était là, bien vivant, avec panache et insouciance, apparemment indestructible par la seule vertu de sa jeunesse et de son audace irréfléchie. J'étais séduit, presque admiratif : envieux. Le charme lui permettait d'avancer et c'est par le charme qu'il s'en tirait indemne[169]. De toute évidence, il ne cherchait rien dans la brousse, sinon de l'espace où respirer et progresser. Son seul besoin, c'était d'exister et d'avancer en prenant le plus de risques possible et en endurant un maximum de privations. Si un être humain a jamais été gouverné par l'esprit d'aventure dans toute sa pureté, dépourvu de calcul et de sens pratique, c'était à coup sûr ce jeune homme tout rapiécé. Je l'enviais presque de posséder cette humble flamme si claire. Elle semblait avoir consumé tout égocentrisme si totalement que, même lorsqu'il vous parlait, vous oubliiez que c'était lui, l'homme qui se tenait devant vous, qui avait vécu toutes ces aventures. Mais je ne lui enviais pas son adoration pour Kurtz. Il ne s'était pas posé de questions à ce sujet. Elle avait jailli en lui, et il l'acceptait avec une espèce de fatalisme plein de zèle. Je dois dire que j'y voyais pour ma part le plus grand danger qu'il ait eu à affronter jusque-là.

« Ils s'étaient trouvés de façon inéluctable, comme deux navires encalminés se rapprochent l'un de l'autre et finissent bord à bord. Je suppose que Kurtz avait besoin d'un auditoire car, en certaine occasion, alors qu'ils avaient établi le camp dans la forêt, ils avaient parlé toute une nuit ou, plus probablement,

Kurtz avait parlé. "Nous avons parlé de tout, dit-il, radieux à ce souvenir ; j'ai complètement oublié que des choses telles que le sommeil pouvaient exister. La nuit a passé comme une heure. De tout ! Absolument de tout !... D'amour aussi." "Ah, il vous a parlé d'amour !" remarquai-je, très amusé. "Ce n'est pas ce que vous croyez, s'exclama-t-il avec flamme. C'était en général. Il m'a fait découvrir de ces choses... des choses[170]."

« Il leva les bras. À ce moment, nous étions sur le pont et le chef de mes coupeurs de bois, qui flânait à proximité, le fixa d'un regard lourd et brillant. Je contemplai les environs et, je ne sais pas pourquoi, je vous assure que jamais, jamais auparavant, cette terre, ce fleuve, cette jungle, la voûte même du ciel ardent ne m'étaient apparus aussi désespérants et ténébreux, aussi impénétrables à l'esprit humain, aussi impitoyables à la faiblesse humaine. "Et, bien entendu, vous ne vous êtes plus quittés ?" demandai-je.

« Loin de là. Apparemment, diverses causes avaient souvent interrompu leur relation. Il avait réussi, m'informa-t-il avec fierté, à soigner Kurtz au cours de deux maladies (il y faisait allusion comme vous mentionneriez quelque tour de force aléatoire) mais, en règle générale, Kurtz s'enfonçait seul dans les profondeurs de la forêt. "Très souvent, je venais ici et il me fallait l'attendre des jours et des jours, dit-il. Oh, ça valait la peine d'attendre... Parfois." "Qu'est-ce qu'il faisait ? Il explorait, ou quoi ?" "Oh oui, bien sûr" : il avait découvert de nombreux villages, et un lac... Il ne savait pas au juste dans quelle direction ; c'était dangereux de poser trop de questions... Mais l'ivoire restait le but essentiel de ses expéditions. "Mais, à cette époque-là, il n'avait déjà plus de marchandises à offrir en échange", objectai-je. "Il a encore pas mal de cartouches", répondit-il sans me regarder. "Pour parler simple, il a pillé la région ?" Il opina. "Mais enfin ! Pas tout seul ?" Il marmonna quelque chose à propos des villages autour du lac. "Kurtz a convaincu la tribu de le suivre, c'est ça ?" suggérai-je. Nerveux, il hésita : "Ils l'adoraient." Il avait donné à ces mots un poids si extraordinaire que mon regard se fit inquisiteur. C'était curieux chez lui ce mélange d'empressement et de répugnance à parler de Kurtz. Cet homme remplissait toute sa vie, occupait ses pensées, dirigeait ses émotions. "Que croyez-vous[171] ? explosa-t-il enfin. Il est arrivé sur eux comme la foudre et le tonnerre, vous savez. Ils n'avaient jamais rien vu de semblable et il était terrible. Il pouvait être tout à fait terrible. On n'a pas le droit de juger M. Kurtz comme un homme ordinaire. Non, non ! Écoutez, c'est juste pour vous donner une idée, alors je peux bien vous l'avouer : un jour, il a voulu me tirer dessus. Pourtant je ne le juge pas." "Vous tirer dessus ! Mais pourquoi ?" "Eh bien, j'avais un petit lot d'ivoire que m'avait donné le chef du village voisin. Pour me remercier du gibier que je chassais parfois pour eux. Eh bien, il le voulait, cet ivoire, et il n'y avait pas moyen de lui faire entendre raison. Il a déclaré qu'il me tuerait si je ne le lui donnais pas avant de quitter le pays ; il en avait le pouvoir, l'idée lui souriait, et puis il pouvait tuer qui bon lui semblait sans avoir de comptes à rendre à personne. C'était vrai, d'ailleurs. Je lui ai donné l'ivoire. Qu'est-ce que ça pouvait me faire ! Mais je ne suis pas parti, ça non ! Je ne pouvais pas le laisser. J'ai dû faire attention, bien entendu, jusqu'à ce que nous redevenions amis pour un temps. C'est alors qu'il est tombé malade pour la deuxième fois. Après, il m'a fallu rester à distance, mais ça m'était égal. Il passait la plupart de son temps dans les villages du lac. Quand il revenait près du fleuve, parfois il se montrait amical et parfois, j'avais intérêt à faire attention. Cet homme souffrait trop. Il détestait tout cela mais il ne parvenait pas à s'en échapper. Quand j'en avais l'occasion, je le suppliais d'essayer de partir pendant qu'il était encore temps. Je lui proposais de repartir avec lui. Alors il disait oui, mais il restait. Il se lançait dans une expédition de plus pour trouver de l'ivoire, disparaissait pendant des semaines. Il se perdait parmi ces gens, il se perdait, vous comprenez." "Mais enfin, il est fou !" dis-je. Il eut une protestation indignée. M. Kurtz ne pouvait pas être fou. Si je l'avais entendu parler, encore deux jours plus tôt, je n'oserais pas insinuer pareille éventualité… Pendant notre conversation, j'avais ajusté mes jumelles et je ne cessais pas de scruter le rivage et l'orée de la forêt, de chaque côté et à l'arrière de la maison. L'idée qu'il y avait du monde dans ces buissons tellement silencieux et tranquilles – silencieux et tranquilles comme la maison en ruine sur la colline – me mettait mal à l'aise. La nature ne laissait rien transpirer de l'histoire incroyable qui m'était moins racontée que suggérée par des exclamations navrées que venaient compléter des haussements d'épaules, par des phrases en suspens, par des allusions qui se terminaient en profonds soupirs. Les bois semblaient un masque impassible, une porte de prison, lourde et fermée; ils avaient l'air de posséder un savoir caché, d'attendre patiemment, silencieux et farouches[172]. Le Russe m'expliquait que la présence de Kurtz au bord du fleuve était récente et qu'il avait amené avec lui tous les guerriers de cette tribu du lac. Il était resté absent plusieurs mois (occupé à se faire adorer, je suppose) et il était arrivé à l'improviste, dans le but apparent de lancer une razzia, soit de l'autre côté du fleuve, soit en aval. De toute évidence, la soif de l'ivoire avait pris le pas sur... Comment dire ?... Sur ses aspirations moins matérielles. Mais son état avait brutalement empiré. "J'ai entendu dire qu'il ne pouvait même plus se lever; alors j'ai pris le risque et je suis venu, dit le Russe. Oh, il va mal, très mal." Je braquai mes jumelles sur la maison. Il n'y avait aucun signe de vie mais il y avait le toit délabré, le long mur de pisé qui émergeait tout juste au-dessus de l'herbe, avec ses trois petites ouvertures carrées en guise de fenêtres, toutes de taille différente. Tout cela avait l'air, pour ainsi dire, à portée de main. C'est alors que je fis un geste brusque et un poteau, l'un des vestiges de la palissade disparue, jaillit dans mon champ de vision. Vous vous souvenez que j'avais été frappé, de loin, par des efforts décoratifs plutôt incongrus dans un endroit aussi délabré. Les voir maintenant de plus près m'asséna un tel choc que je rejetai la tête en arrière. Puis je dirigeai soigneusement mes jumelles sur chaque poteau, et je compris mon erreur. Les boules n'étaient pas des décorations mais des symboles : expressifs mais déroutants, frappants et troublants ; propres à alimenter la réflexion et aussi les vautours, s'il s'en était trouvé pour contempler la scène du haut du ciel, et en tout cas les fourmis assez industrieuses pour grimper au poteau. Elles auraient été encore plus impressionnantes, ces têtes empalées, si les visages n'avaient pas regardé la maison[173]. Il n'y en avait qu'une, celle que j'avais distinguée en premier, qui me faisait face. Je ne fus pas aussi horrifié que vous pouvez le penser. Mon sursaut n'était en réalité rien d'autre qu'un mouvement de surprise. Je m'étais attendu à voir une boule en bois, vous comprenez. Je revins délibérément sur la première que j'avais vue. Elle était là, noire, desséchée, affaissée, les paupières closes ; elle semblait dormir au sommet de ce poteau et, comme les lèvres sèches et ratatinées révélaient une ligne blanche et fine de dents, elle souriait également, d'un sourire continuel, comme en réponse à quelque rêve sans fin et gai dans cet éternel sommeil.

« Je ne suis pas en train de trahir des secrets commerciaux. En fait, le directeur assura par la suite que les méthodes de M. Kurtz avaient ruiné la région. Je n'ai pas d'avis sur la question mais je veux vous faire comprendre clairement qu'il n'y avait rien de très profitable dans la présence de ces têtes. Elles prouvaient seulement que M. Kurtz était dénué de retenue quand il s'agissait de satisfaire ses divers appétits, qu'il y avait chez lui quelque chose qui faisait défaut ; un petit quelque chose qui manquait lorsque le besoin urgent s'en faisait sentir, en dépit de sa magnifique éloquence. Avait-il conscience de ce défaut ? je l'ignore. Je crois qu'il en a pris conscience en fin de compte, mais tout à la fin. La nature sauvage, elle, l'avait très vite percé à jour et lui avait fait payer très cher son invasion étrange. Je pense qu'elle lui avait murmuré sur lui-même des choses qu'il ignorait, qu'il ne concevait même pas jusqu'au moment où il avait pris conseil de cette grande solitude... et que la fascination de ce murmure s'était avérée irrésistible. Il avait résonné d'autant plus fort en lui qu'il était foncièrement creux[174]... Je posai les jumelles, et la tête, qui m'était apparue assez proche pour que je lui parle, sembla immédiatement avoir bondi loin de moi, à une distance inaccessible.

« L'admirateur de M. Kurtz était un peu penaud. D'une voix précipitée et confuse, il m'assura qu'il n'avait pas osé décrocher ces..., disons, ces symboles. Il n'avait pas peur des indigènes : ils ne bougeraient pas tant que M. Kurtz n'en donnerait pas l'ordre[175]. Il avait sur eux un ascendant extraordinaire. Ces gens avaient leurs camps tout autour et les chefs venaient le voir chaque jour. Ils rampaient... "Je ne veux rien savoir du cérémonial en vigueur pour approcher M. Kurtz", criai-je. Curieux comme j'eus soudain le sentiment que de tels détails me seraient plus insupportables que les têtes qui se desséchaient sur des pieux sous les fenêtres de M. Kurtz. Après tout, ce n'était qu'une vision de sauvagerie alors que j'avais le sentiment d'avoir été transporté d'un seul bond dans un monde sans lumière, d'horreurs subtiles, où la sauvagerie pure et simple était un réel soulagement parce qu'elle avait le droit d'exister, sans contredit, au grand soleil. Le jeune homme me regarda d'un air surpris. Je suppose qu'il ne lui vint pas à l'esprit que M. Kurtz n'était en rien mon idole. Il oubliait que je n'avais pas eu l'occasion d'entendre les splendides monologues sur... quoi déjà ? Sur l'amour, la justice, la conduite de la vie et le reste. S'il s'agissait de ramper devant M. Kurtz, alors il rampait tout autant que le plus parfait des sauvages. "J'ignorais tout des circonstances, me dit-il ; ces têtes étaient des têtes de rebelles." Mon éclat de rire le scandalisa beaucoup. Des rebelles ! Quelle serait la définition suivante[176] ? J'avais eu droit aux "ennemis", aux "criminels", aux "missionnaires", et maintenant aux "rebelles". Pour ma part, je trouvais ces têtes rebelles bien soumises au bout de leur bâton. "Vous ne savez pas ce qu'une telle vie a d'éprouvant pour un homme comme Kurtz", s'écria son dernier disciple. "Et pour vous ?" dis-je. "Pour moi ! Moi, je suis un homme simple, je n'ai pas de grandes idées. Je n'attends rien de personne. Comment pouvez-vous me comparer à…" L'émotion ne lui permit pas de continuer et il s'effondra brutalement. "Je ne comprends pas, gémit-il, j'ai fait de mon mieux pour le maintenir en vie et cela me suffit. Je n'ai rien à voir dans tout ça. Je n'ai aucun talent. Cela fait des mois que nous n'avons pas eu une goutte de médicament, ou une bouchée de nourriture reconstituante à notre disposition. Il était honteusement abandonné. Un homme comme lui, avec de telles idées. C'est une honte ! Moi… cela fait… dix nuits que je ne dors pas…"

« Sa voix s'est perdue dans le calme du soir. Les ombres allongées de la forêt avaient glissé vers le bas de la colline tandis que nous parlions ; elles avaient de beaucoup dépassé l'abri en ruine et la rangée de pieux symboliques. Tout cela était dans l'obscurité tandis que nous étions encore au soleil, et la portion du fleuve face à la clairière scintillait avec une splendeur éblouissante et paisible, entre les deux coudes assombris par l'épaisse végétation. Pas une âme sur le rivage. Pas un bruissement dans les feuilles.

« Soudain apparut, au coin de la maison, un groupe d'hommes comme jaillis de la terre. Agglutinés et dans l'herbe jusqu'à la taille, ils avançaient péniblement en portant un brancard improvisé. Au même instant, dans ce paysage vide, s'éleva un cri strident qui transperça l'air immobile comme une flèche aiguë s'enfonçant droit dans le cœur du pays. Comme par magie, la forêt au visage ténébreux et pensif se mit à déverser dans la clairière des flots d'êtres humains, nus, tenant des lances, des arcs, des boucliers, des hommes aux regards farouches et aux gestes sauvages. Les buissons s'agitèrent, l'herbe oscilla un moment, et puis tout s'immobilisa dans l'attente.

« "S'il ne trouve pas à leur dire les mots qu'il faut, nous sommes tous perdus", dit le Russe près de moi. La troupe d'hommes avec le brancard s'était également arrêtée, à mi-chemin du vapeur, comme pétrifiée. Je vis l'homme sur la civière se redresser : décharné et avec un bras levé, il émergeait au-dessus des épaules des porteurs. "Espérons que lui qui sait si bien parler de l'amour en général trouvera quelque raison de nous épargner pour cette fois", dis-je. Le danger absurde où nous nous trouvions me remplissait d'amertume, comme si d'être à la merci de ce fantôme atroce représentait une nécessité déshonorante.

Je n'entendais rien mais, dans mes jumelles, je vis le bras maigre tendu avec autorité, la mâchoire inférieure bouger, et briller comme les ténèbres les yeux de cette apparition, très enfoncés dans la tête osseuse qui opinait par à-coups de façon grotesque. Kurtz... Kurtz, cela veut dire "petit" en allemand, hein ? Eh bien, il y avait autant de vérité dans son nom que dans sa vie en général[177] – et dans sa mort. Il faisait au moins sept pieds[178]. La couverture avait glissé et, tel un linceul, elle découvrait un corps atroce et pitoyable. Je distinguais les mouvements désordonnés de la cage thoracique, les os du bras qu'il agitait. On eût dit une figurine animée de la mort, sculptée dans du vieil ivoire, et menaçant d'une main tremblante une foule d'hommes immobiles, faits de bronze ténébreux et luisant. Je le vis ouvrir grand la bouche : cela lui donnait un air d'étrange voracité, comme s'il avait voulu avaler tout l'air, toute la terre, tous les hommes devant lui. L'écho affaibli de sa voix profonde parvint jusqu'à moi, il devait crier... Puis il s'écroula. Le brancard frémit quand les porteurs reprirent leur marche en avant et, presque au même instant, sans pouvoir discerner aucun mouvement de retraite, je remarquai la foule des sauvages qui disparaissaient comme si la forêt, après avoir éjecté bruyamment ces créatures, les avait à nouveau aspirées, comme on aspire l'air à longs traits.

« Derrière le brancard, des pèlerins portaient les armes de Kurtz : deux fusils de chasse, une carabine de gros calibre et une autre, légère, à répétition ; tous les foudroyants attributs de ce pitoyable Jupiter. Le directeur se penchait sur lui et chuchotait tout en marchant près de lui. On l'installa dans l'une des petites cabines, où il y avait juste la place d'un lit et d'un pliant ou deux. Nous avions apporté son courrier en retard et son lit était jonché d'enveloppes déchirées et de lettres ouvertes. D'une main sans force, il fouillait parmi les papiers. Je fus frappé par la flamme de son regard, la langueur et l'expression composée de son visage. Ce n'était pas seulement dû à l'épuisement et à la maladie. Il ne semblait pas souffrir. Il n'était plus que l'ombre de lui-même mais il paraissait repu et calme comme si, pour le moment, il avait eu son compte de toutes les émotions.

« Il froissa l'une des lettres et dit, en me regardant droit dans les yeux : "Très heureux." On lui avait écrit à mon sujet. Les fameuses recommandations revenaient sur le tapis. Je fus stupéfié par le volume du son qu'il parvint à émettre sans effort, sans presque se donner la peine de remuer les lèvres. Une voix et quelle voix ! Grave, profonde, vibrante, alors même que cet homme semblait incapable du moindre murmure. Toujours est-il qu'il avait assez de force en lui (une force artificielle sans nul doute) pour nous mettre tous en grand danger de mort, ainsi que vous le verrez tantôt.

« Le directeur apparut sans bruit sur le seuil. Je sortis immédiatement et il tira le rideau derrière moi.

Le Russe, que les pèlerins considéraient avec curiosité, avait les yeux fixés sur le rivage. Je suivis son regard.

« Au loin, on devinait des formes humaines ténébreuses, fugitives et indistinctes, sur la lisière obscure de la forêt. Près du fleuve, deux silhouettes de bronze, appuyées sur de hautes lances, se dressaient dans le soleil. Elles portaient de fabuleuses coiffures en peau tachetée. Elles se tenaient immobiles, comme figées dans leur pose de guerriers. Et venant de la droite, le long du rivage éclairé, se déplaçait une femme à l'aspect sauvage et somptueux.

« Elle marchait à pas mesurés, drapée dans des tissus frangés à rayures. Elle foulait[179] la terre avec fierté, accompagnée par le flamboiement et le tintement léger de ses ornements barbares[180]. Elle portait haut la tête et ses cheveux étaient rassemblés en casque ; ses jambes étaient habillées de cuivre jusqu'aux genoux et du fil de cuivre lui faisait des gantelets jusqu'aux coudes. Un point rouge marquait sa joue brune, elle avait au cou d'innombrables colliers en perles de verre et elle portait des pendeloques bizarres, des talismans offerts par des sorciers, qui scintillaient et tremblaient à chaque pas. Elle devait avoir sur elle la valeur de plusieurs défenses d'éléphant. Elle était indomptée et superbe, l'œil farouche, magnifique. Sa progression délibérée avait quelque chose de menaçant et de solennel. Et dans le silence qui s'abattit soudain sur tout ce pays désolé, la nature immense et sauvage, grosse de vie féconde et mystérieuse, semblait la regarder pensivement et voir en elle l'image même de son âme noire et passionnée.

« Elle s'immobilisa face au vapeur et face à nous. Son ombre s'étirait au bord de l'eau. Sur son visage se mêlaient, tragiques et farouches, une affliction sauvage et une souffrance muette, ainsi que la peur de quelque résolution mal définie qui luttait pour s'affirmer. Elle nous regardait sans un geste et, comme la nature sauvage, elle avait l'air de méditer un impénétrable dessein. Une longue minute s'écoula puis elle fit un pas en avant. Il y eut un léger tintement, un reflet de métal jaune, une ondulation de draperies frangées, puis elle s'arrêta comme si le cœur lui avait manqué. Le jeune gars à mes côtés gronda. Dans mon dos, les pèlerins chuchotèrent. Elle nous regarda tous avec fermeté, comme s'il y allait de sa vie de ne pas détourner les yeux. Soudain, elle écarta ses bras nus et les tendit, rigides, au-dessus de sa tête, comme saisie par un désir insurmontable de toucher le ciel. Au même moment, rapide, l'ombre s'abattit sur la terre, déferla sur le fleuve et enserra le vapeur dans une sombre étreinte[181]. Un formidable silence pesait sur toute la scène.

« Elle se détourna lentement, reprit sa marche le long de la rive et s'enfonça à gauche dans les fourrés. Parvenue dans la pénombre des buissons, elle darda l'éclat de son regard dans notre direction une seule fois, puis elle disparut.

« "Si elle avait fait mine de monter à bord, je crois bien que j'aurais essayé de l'abattre, dit nerveusement l'homme rapiécé. Cela fait deux semaines que je risque ma vie tous les jours pour l'empêcher d'entrer dans la maison. Un jour elle a réussi, et elle a fait une histoire affreuse à propos des misérables loques que j'avais ramassées dans le magasin pour réparer mes vêtements ! Je n'étais pas décent. Enfin, je suppose que c'était à ce propos, parce que pendant plus d'une heure, elle a parlé à Kurtz comme une furie, en me désignant de temps à autre. Je ne comprends pas le dialecte de cette tribu. Heureusement pour moi, Kurtz se sentait trop mal ce jour-là pour s'en soucier, je suppose, sinon il y aurait eu du vilain. Je ne comprends pas... Non, ça me dépasse. Enfin, tout est fini maintenant."

« À cet instant, j'entendis la voix de Kurtz derrière le rideau : "Me sauver ! Sauver l'ivoire, vous voulez dire ! Ne me racontez pas d'histoires ! Me sauver, moi ! Allons, c'est moi qui vous ai sauvé et, aujourd'hui, vous venez déranger mes projets. Malade ! Pas aussi malade que vous aimez le penser ! Mais ça ne fait rien, je mènerai mes idées à bien, je reviendrai, je vous montrerai ce qu'on peut faire. Vous et votre esprit de gagne-petit ! Vous vous mettez sur mon chemin, mais je reviendrai. Je[182]..."

« Le directeur sortit de la cabine. Il me fit l'honneur de me prendre le bras et de m'entraîner à l'écart. "Il est très faible, très, très faible", dit-il. Il jugea bon de pousser un soupir mais ne se soucia pas d'avoir l'air affligé tout du long. "Nous avons fait pour lui tout ce qui était en notre pouvoir, vous êtes d'accord ? Mais on ne peut se dissimuler que M. Kurtz a fait plus de mal que de bien à la Compagnie. Il n'a pas compris que l'époque n'était pas encore mûre pour des actions aussi vigoureuses[183]. Prudence, prudence : c'est mon principe. Et il nous en faudra encore. Cette région nous est fermée pour un temps. C'est déplorable ! Dans l'ensemble, le commerce va souffrir. Je ne nie pas qu'il y a une remarquable quantité d'ivoire... surtout fossile. Quoi qu'il arrive, nous ne devons pas le perdre. Mais voyez comme notre position est précaire... et pourquoi ? Parce que la méthode est douteuse." "Vous dites, répondis-je, que la méthode est douteuse." "Absolument, s'exclama-t-il avec feu. Pas vous ?" "Je dis qu'elle est inexistante", murmurai-je, après un moment. "Exactement, exulta-t-il. Je le savais d'avance. Cette histoire dénote un manque absolu de jugement. C'est mon devoir de le souligner à qui de droit." "Oh, ce type... Comment s'appelle-t-il ? Vous savez, le faiseur de briques... Il saura vous rédiger un rapport bien lisible." Il resta désemparé quelques minutes. Jamais, me semblait-il, je n'avais respiré d'atmosphère aussi vile et, mentalement, je me tournai vers Kurtz en guise de réconfort ; de réconfort, vous dis-je. "Je pense que M. Kurtz est quand même un homme remarquable", lançai-je avec force. Il sursauta, me toisa d'un regard lourd et froid, puis il dit très calmement : "Il l'était", avant de me tourner le dos. Mon heure de grâce était passée. Je me retrouvais dans le même sac que Kurtz, parmi tous les partisans de ces méthodes pour lesquelles l'époque n'était pas mûre. J'étais douteux moi aussi ! Mais enfin, ce n'était pas rien d'avoir au moins le choix entre plusieurs cauchemars !

« En réalité, c'est vers la nature sauvage que je m'étais tourné, et non pas vers M. Kurtz qui (il me fallait l'admettre) était pour ainsi dire déjà enterré. Et pendant quelque temps, j'eus le sentiment d'être moi aussi enterré dans une vaste tombe pleine de secrets ignobles. Un poids intolérable m'oppressait la poitrine : l'odeur de la terre humide, la présence cachée de la corruption triomphante, les ténèbres d'une impénétrable nuit... Le Russe me tapa sur l'épaule. Je l'entendis bredouiller et bégayer quelque chose à propos de "la fraternité des mers... il ne pouvait garder pour lui... des questions affectant la réputation de M. Kurtz". J'attendis. Pour lui, de toute évidence, M. Kurtz n'était pas encore enterré. Je crois même que, pour lui, M. Kurtz ne mourrait jamais. "Eh bien ! dis-je enfin, parlez clairement. Après tout, je suis un ami de M. Kurtz. D'une certaine façon."

« Il m'assura, en y mettant pas mal de cérémonie, que si nous n'avions pas été "de la même profession", il aurait gardé pour lui l'information sans se soucier des conséquences. Mais il soupçonnait de lui vouloir activement du mal ces hommes blancs qui... "Vous avez raison, répliquai-je, ayant présente à l'esprit la conversation que j'avais surprise. Le directeur pense qu'on devrait vous pendre." Ce renseignement fit naître chez lui une inquiétude qui commença par m'amuser. "Je ferais mieux de m'éclipser discrètement, dit-il d'un ton pénétré. Je ne peux rien faire de plus pour M. Kurtz et ils auraient tôt fait de trouver un prétexte. Qu'est-ce qui les en empêcherait ? Il y a un poste militaire à trois cents miles[184] d'ici." "Eh bien, ma foi, vous feriez peut-être bien de filer si vous avez des amis parmi les sauvages des environs." "J'en ai plein. Ce sont des gens simples. Et puis je ne veux rien de ce qui leur appartient, vous savez." Il resta à se mordre les lèvres un moment, avant d'ajouter : "Je ne souhaite pas qu'il arrive malheur à ces Blancs mais évidemment, je pensais à la réputation de M. Kurtz. Vous êtes marin comme moi et..." "C'est bon, dis-je après quelques minutes, la réputation de M. Kurtz n'aura rien à craindre de ma part." Je ne savais pas à quel point je disais vrai.

« Il m'informa, en baissant le ton, que M. Kurtz avait été l'instigateur de l'attaque contre le vapeur. "Parfois, il détestait la perspective d'être emmené...

et, à d'autres moments… Mais je n'y comprends rien, je suis un homme simple. Il pensait que vous prendriez peur et que vous repartiriez ; vous le croiriez mort et vous abandonneriez. Je n'ai pas pu l'arrêter. C'est pour cette raison que j'ai passé des semaines épouvantables." "Très bien, dis-je, mais il est raisonnable maintenant." "Ou… oui", murmura-t-il, apparemment peu convaincu. "Je vous remercie. Soyez sûr que je garderai les yeux bien ouverts." "Mais discrètement, surtout, insista-t-il, l'air inquiet. Ce serait épouvantable pour sa réputation si l'un d'eux…" Je lui promis la discrétion la plus totale, avec beaucoup de gravité. "J'ai une pirogue et trois gars qui m'attendent non loin d'ici. Je m'en vais. Est-ce que vous pourriez me passer quelques cartouches de Martini-Henry ?" Je le pouvais et je le fis, dans le secret comme il se doit. Il prit aussi, avec un clin d'œil, une poignée de mon tabac : "De marin à marin, n'est-ce pas ? Du bon tabac anglais." Arrivé à la porte de la cabine, il se retourna : "J'y pense, vous n'auriez pas une paire de chaussures en trop ?" Il leva une jambe : "Regardez." Les semelles tenaient sous ses pieds nus par des ficelles attachées comme des courroies. Je dégotai une vieille paire qu'il contempla avec ravissement avant de la glisser sous son bras gauche.

L'une de ses poches (rouge vif) était pleine à craquer de cartouches ; de l'autre (bleu foncé) émergeait le livre de Towson, *Étude*… etc., etc. Il donnait l'impression de se croire équipé au mieux pour renouer connaissance avec la brousse. "Ah, je ne rencontrerai plus jamais un tel homme ! Vous auriez dû l'entendre réciter de la poésie[185] ! Et c'était lui qui l'avait écrite, il me l'a dit. De la poésie !" Il roulait de grands yeux à l'évocation de ces moments délicieux. "Oh, il m'a ouvert l'esprit !" "Au revoir", lui dis-je. Il me serra la main et s'évanouit dans la nuit. Parfois, j'en viens à me demander si je l'ai vraiment rencontré : s'il était possible de rencontrer pareil phénomène !...

« Quand je me suis réveillé peu après minuit, sa mise en garde m'est revenue à l'esprit. Le danger auquel il avait fait allusion semblait si réel dans les ténèbres étoilées que je me levai pour jeter un coup d'œil alentour. Sur la colline brûlait un grand feu qui illuminait, par intermittence et sous un angle bizarre, la maison du poste. L'un des agents, avec un petit nombre de Noirs que nous avions armés pour la circonstance, montait la garde près de l'ivoire. Loin dans la forêt, des lueurs rouges et vacillantes semblaient s'alanguir, puis jaillir du sol parmi de confuses colonnes d'un noir intense : elles marquaient la position exacte du camp où veillaient[186], tourmentés, les adorateurs de M. Kurtz. Le battement monotone d'un gros tam-tam remplissait l'air de chocs assourdis et d'une vibration qui s'attardait. Les bois formaient un mur noir et plat d'où parvenait un bourdonnement semblable au fredonnement qui s'échappe d'un essaim d'abeilles : celui d'hommes nombreux et psalmodiant, chacun pour soi, une incantation mystérieuse. Sur mes sens engourdis, il fit l'effet étrange d'un narcotique. Je crois que je me suis assoupi, penché au-dessus de la rambarde, jusqu'au moment où je fus réveillé, désorienté et abasourdi, par une soudaine explosion de hurlements, un déchaînement irrésistible de frénésie incompréhensible, réfrénée jusque-là. Elle fut immédiatement interrompue ; le sourd bourdonnement reprit et donna une impression de silence audible et apaisant. Je jetai un coup d'œil rapide dans la petite cabine. Une lumière brûlait à l'intérieur mais M. Kurtz n'était plus là.

« Je crois bien que j'aurais donné l'alarme si j'en avais cru mes yeux[187]. Mais je ne parvins pas tout d'abord à les croire tant la chose paraissait impossible. Je fus pris, en fait, d'une panique absolue et totale, d'une terreur purement abstraite, sans le moindre rapport avec une quelconque menace de danger physique. Ce qui rendait si bouleversante cette émotion, c'était… Comment la définir ? C'était le choc moral que je subissais : comme si l'on m'avait asséné à l'improviste une révélation complètement monstrueuse, intolérable pour l'esprit et odieuse pour l'âme. Bien entendu, cela dura à peine une fraction de seconde, puis le sentiment normal d'un danger concret et mortel, l'éventualité imminente d'un assaut brutal, d'un massacre, ou de quelque chose d'approchant, prirent le dessus et ce fut un soulagement. J'en fus si tranquillisé, en vérité, que je m'abstins de donner l'alarme.

« Sur le pont, à moins de trois pieds[188] de moi, installé sur une chaise, dormait un agent dans son ulster[189] boutonné jusqu'au menton. Les hurlements ne l'avaient pas réveillé, il ronflait légèrement : je le laissai à son sommeil et sautai à terre. Je n'ai pas trahi M. Kurtz : j'étais destiné à ne jamais le trahir, il était écrit que je serais loyal au cauchemar de mon choix. J'étais anxieux de m'occuper tout seul de ce fantôme et, à ce jour, je ne sais toujours pas pourquoi je tenais si jalousement à ne partager avec personne la noirceur particulière de cette expérience[190].

« Sitôt sur la berge, je vis une trace, une large trace dans l'herbe. Je me souviens de mon exultation quand je me dis : "Il ne peut pas marcher, il se traîne à quatre pattes, je le tiens." L'herbe était humide de rosée. Je marchai rapidement, les poings serrés. Je crois que mon intention était plus ou moins de lui tomber dessus et de lui administrer une raclée. Je ne sais pas. Des pensées imbéciles me vinrent. La vieille tricoteuse au chat s'imposa à mon souvenir et elle me sembla tout à fait déplacée à l'autre bout de cette histoire. Je vis aussi un alignement de pèlerins criblant l'air de plomb avec des winchesters tenues à hauteur de hanche. Je me pris à penser que je ne remonterais jamais sur le vapeur et que j'allais vivre, seul et sans armes, dans les bois jusqu'à un âge avancé. Des idées aussi bêtes que cela, vous savez. Et je me souviens aussi d'avoir confondu le battement du tam-tam avec celui de mon cœur et que sa calme régularité m'a rempli de satisfaction !

« Malgré tout, je n'ai pas perdu sa trace. Puis je me suis arrêté pour écouter. La nuit était très claire : un espace de ténèbres bleues, étincelant de rosée et d'étoiles, où se tenaient des choses noires tout à fait immobiles. Il me sembla distinguer une espèce de mouvement devant moi. Cette nuit-là, j'étais étonnamment sûr de tout. Je quittai même la piste pour effectuer en courant un grand demi-cercle (je crois bien que je me retenais pour ne pas glousser de plaisir) afin de me retrouver devant cette chose qui s'agitait, qui remuait – d'après ce que j'avais cru voir, en tout cas. Je contournais Kurtz comme s'il s'agissait d'un jeu entre gosses.

« Je tombai sur lui à l'improviste et, s'il ne m'avait pas entendu venir, je serais tombé pour de bon, mais il se leva à temps. Il se redressa en chancelant, il était long et pâle, indistinct comme une vapeur exhalée par la terre et il se tint devant moi, vacillant légèrement, estompé et silencieux; dans mon dos, la lueur vague des feux apparaissait entre les arbres et la forêt laissait entendre un murmure de voix nombreuses. Je lui avais adroitement coupé la route, mais une fois devant lui pour de bon, je repris mes esprits et je fus capable d'estimer le danger à sa juste mesure. Pour l'heure, rien n'était gagné. Et s'il se mettait à crier ? Certes, il pouvait à peine se tenir debout, mais sa voix ne manquait aucunement de vigueur. "Allez-vous-en, cachez-vous", me dit-il de cette voix profonde. C'était terrifiant. Je jetai un coup d'œil en arrière. Nous étions à moins de trente yards[191] du feu le plus proche. Une silhouette noire se leva et se mit en marche, ses longues jambes noires et le mouvement de ses longs bras noirs bien visibles dans la lumière rougeoyante. Sur sa tête, il y avait des cornes, des cornes d'antilope, je crois. Un sorcier, un guérisseur sans aucun doute : il avait l'air assez démoniaque pour cela. "Savez-vous ce que vous faites ?" chuchotai-je. "Tout à fait", me répondit-il en haussant le ton pour cette réplique. Il me sembla qu'elle me parvenait de loin et pourtant avec force, comme un appel lancé dans un porte-voix. S'il fait une scène, nous sommes perdus, pensai-je. De toute évidence, la situation n'était pas de celles qui se règlent à coups de poing, sans compter l'aversion bien naturelle que je ressentais à l'idée de rosser ce fantôme, cette créature errante et tourmentée. "Vous allez à votre perte, dis-je, sans espoir de retour." On a parfois, vous savez, de ces éclairs d'inspiration. J'avais trouvé la chose à dire même si, de fait, perdu pour perdu, il ne pouvait l'être plus irrémédiablement qu'il ne l'était déjà, à cette minute où s'établissaient entre nous les fondements d'une intimité destinée à durer, à durer jusqu'à la fin et même au-delà.

« "J'avais d'immenses projets", marmonna-t-il, irrésolu. "Je sais, dis-je, mais si vous tentez de crier, je vous assomme à coups de…" Il n'y avait pas un bâton, pas une pierre à portée de main. "Je vous étrangle sans hésiter", me repris-je. "J'étais à la veille de grandes choses, plaida-t-il, dans la voix, une telle nostalgie, un tel regret que mon sang se glaça. Et voilà qu'à cause de ce misérable imbécile…" "De toute façon, votre réussite en Europe est assurée", affirmai-je avec calme. Je ne voulais pas l'étrangler, vous comprenez, d'autant moins que sur le plan pratique[192], c'eût été parfaitement inutile. J'essayais de rompre le charme, le charme pesant et muet de la nature sauvage qui voulait l'attirer dans son sein impitoyable, en réveillant des instincts oubliés et brutaux, en lui rappelant de monstrueuses passions assouvies[193]. Cela seul, j'en étais persuadé, l'avait conduit au seuil de la forêt, dans la brousse, vers la lueur des feux, la pulsation des tam-tams, le bourdonnement des incantations étranges ; et c'était ce qui avait séduit son âme insoumise au point de lui faire franchir les limites des aspirations légitimes. Comprenez-moi bien : si la situation me terrifiait à ce point, ce n'était pas parce que je risquais de recevoir un coup sur la tête (encore que j'étais très conscient de ce danger-là aussi), mais parce que j'avais affaire à un homme qui ne me donnait la possibilité d'en appeler à rien, à aucune valeur, noble ou ignoble. Il me fallait, tout comme les nègres, l'invoquer, lui en personne, dans cet état d'avilissement incroyable, exalté. Rien n'existait au-dessus ni en au-dessous de lui, et je le savais. D'un coup de pied, il avait pris assez d'élan pour ne plus tenir à la terre. La peste de ce type ! Dans la même foulée, il avait réduit la terre à néant. Il était seul, et moi, devant lui, je ne savais plus où j'en étais : flottant dans l'air ou les pieds sur le sol ! Je vous ai raconté ce que nous nous sommes dit, j'ai répété les phrases que nous avons prononcées, mais à quoi bon ? C'étaient les mots banals de tous les jours, les bruits familiers et vagues qu'on échange quotidiennement. Et alors ? Pour moi, ces mots possédaient le pouvoir de suggestion terrifiant de ceux qu'on entend en rêve, des phrases prononcées dans les cauchemars. L'âme ! Si jamais un homme a livré combat avec une âme, c'est bien moi. Et n'allez pas croire que je discutais avec un fou. Aussi étrange que cela puisse paraître, son intelligence était parfaitement claire ; certes, concentrée sur lui-même avec une intensité horrible, mais claire ; et elle était ma seule chance – à moins, bien entendu, de le tuer sur-le-champ, ce qui n'était pas une si bonne solution parce que bruyante, inévitablement. Mais son âme était folle. Dans la solitude de cette sauvagerie, elle s'était contemplée elle-même et – par Dieu ! – elle avait sombré. Et il me fallait (prix de mes péchés, je suppose) passer par l'ordalie[194] qui consistait à la contempler, moi aussi. Le discours le plus éloquent n'aurait pu faner ma foi en l'humanité comme l'a fait son dernier accès de sincérité. Pourtant, il livrait aussi son combat contre lui-même : je le voyais, je l'entendais. J'ai assisté au mystère inconcevable d'une âme qui n'avait ni retenue, ni foi, ni crainte et qui cependant luttait aveuglément avec elle-même. J'ai plus ou moins réussi à garder mes esprits. Mais quand finalement il fut à nouveau allongé sur le lit, je dus essuyer la sueur de mon front et j'avais les jambes qui tremblaient comme si je venais de dévaler cette colline avec une demi-tonne sur le dos. En réalité, je n'avais fait que le soutenir, son bras décharné passé autour de mon cou, et il ne pesait guère plus qu'un enfant.

« Quand, le lendemain à midi, nous repartîmes, la foule, dont la présence obsédante derrière le rideau des arbres ne m'avait pas quitté tout ce temps, la foule jaillit encore des bois, envahit la clairière, submergea la pente sous une masse de corps de bronze, nus, haletants et frémissants. Je poussai un peu en amont avant de virer, suivi par mille regards attachés aux évolutions de ce farouche démon du fleuve qui, dans les éclaboussures et les martèlements, battait l'eau de sa terrible queue et crachait dans l'air une fumée noire. Devant le premier rang se détachaient trois hommes, enduits d'une terre rouge vif des pieds à la tête, qui arpentaient nerveusement le bord du fleuve d'un air important. Quand nous fûmes à leur hauteur, ils se mirent face au fleuve, tapèrent des pieds, agitèrent leurs têtes surmontées de cornes, balancèrent[195] leurs corps écarlates ; ils brandirent en direction du farouche démon une touffe de plumes noires, une peau miteuse avec une queue pendante et quelque chose qui tenait de la courge desséchée[196]. Régulièrement, ils criaient ensemble des suites de mots effarants qui ne ressemblaient à aucun son du langage humain, et les sourds murmures de la foule, un instant interrompus, semblaient les répons de quelque litanie satanique.

« Nous avions transporté Kurtz dans la cabine de pilotage qui était plus aérée. Allongé sur la couchette, il regardait fixement par la fenêtre ouverte. Il y eut un remous dans la masse des corps humains et la femme à la tête casquée et aux joues brunes se précipita jusqu'à l'extrême bord du courant. Elle tendit les mains, cria quelque chose et aussitôt, tout l'attroupement reprit son cri en un chœur assourdissant de propos articulés, rapides et haletants.

« "Vous comprenez[197] ?" lui demandai-je.

« Il continua à regarder dehors sans me voir avec, dans ses yeux féroces et nostalgiques, une expression mêlée de regret et de haine. Il ne répondit pas mais je vis un sourire, un sourire indéchiffrable, apparaître sur ses lèvres blêmes qui, l'instant d'après, frémirent convulsivement. "Que croyez-vous ?" dit-il lentement, d'une voix étranglée, comme si les mots lui avaient été arrachés par une force surnaturelle.

« Je tirai sur le cordon du sifflet. Je le fis parce que je voyais les pèlerins sur le pont sortir leurs fusils, l'air prêt à se payer une bonne partie de rigolade. Ce bruit soudain et strident provoqua un mouvement de panique abjecte parmi la masse soudée des corps. "Ne faites pas ça, voyons ! Ils vont partir ! " cria d'un ton désolé quelqu'un sur le pont. J'actionnai le cordon encore et encore. Ils se désunirent et partirent en courant : certains bondissaient, d'autres s'accroupissaient, d'autres encore zigzaguaient dans un même effort pour déjouer la flèche sonore et terrifiante. Les trois types rouges s'étaient jetés à plat ventre, visage contre la berge, comme s'ils avaient été mortellement touchés. Seule la femme superbe et barbare n'avait pas bronché : tragique, elle tendait ses bras nus dans notre direction, au-dessus du fleuve scintillant.

« C'est alors que la foule d'imbéciles rassemblée sur le pont entama son petit jeu, et la fumée m'empêcha d'en voir davantage.

« Le courant boueux nous fit rapidement sortir du cœur des ténèbres et nous transporta vers l'océan deux fois plus vite qu'il ne nous avait portés vers l'amont. Et la vie de Kurtz s'écoulait rapidement, elle aussi. Elle refluait de son cœur pour s'abîmer dans l'océan du temps inexorable. Le directeur était tout à fait placide, il n'avait plus d'angoisses sérieuses, il nous considérait tous deux du même regard sagace et satisfait. "L'affaire" s'était terminée aussi bien qu'on pouvait le souhaiter. Je vis approcher le moment où je resterais seul à représenter le parti des "méthodes douteuses". Les pèlerins me jaugeaient avec désapprobation. J'étais compté, pour ainsi dire, parmi les morts. C'est étrange comme j'ai accepté cette association inattendue, le choix de cauchemars qui m'était imposé dans ce pays de ténèbres envahi par des fantômes avides et mesquins.

« Kurtz discourait. Cette voix ! Elle garda sa profonde résonance jusqu'à la fin. Elle survécut aux forces de cet homme et continua à dissimuler dans les plis magnifiques de l'éloquence les ténèbres arides de son cœur. Oh ! Comme il a lutté ! Tellement lutté ! Les déserts de son esprit abattu étaient maintenant hantés d'images obscures, des images de richesse et de gloire qui tournaient obséquieusement autour de son don intarissable pour l'expression noble et sublime. Ma Promise, mon poste, ma carrière, mes idées : tels étaient les sujets de ses élans inopinés d'élévation morale. L'ombre du vrai Kurtz était présente au chevet de cet imitateur[198] creux, destiné à être bientôt enseveli dans la terre fertile des premiers âges. Mais l'amour diabolique et la haine démesurée que tout à la fois lui inspiraient les mystères qu'il avait pénétrés, se livraient bataille pour posséder cette âme repue d'émotions primitives, avide de gloire mensongère, de distinctions futiles, de toutes les marques extérieures du succès et du pouvoir.

« Par moments, il se montrait puéril et méprisable. Il voulait que des rois viennent l'attendre dans les gares lorsqu'il rentrerait de quelque abominable Néant où il entendait accomplir de grandes choses. "Prouvez-leur que vous portez en vous quelque chose de réellement avantageux et ils voueront alors une considération sans limites à vos capacités, disait-il ; bien entendu, choisissez vos motivations avec soin. Qu'elles soient toujours respectables[199]." Le vapeur parcourait les longues portions droites du fleuve qui se ressemblaient toutes, les courbes monotones, toutes semblables, avec leur multitude d'arbres séculaires qui contemplaient patiemment cet échantillon crasseux d'un autre monde, ce héraut de changements, de conquêtes, de commerce, de massacres, de bénédictions. Je regardais droit devant, je tenais la barre. "Fermez ce volet, dit un jour Kurtz brusquement. Je ne peux plus supporter cette vue." J'obtempérai. Il y eut un silence. "Oh, je n'ai pas fini de vous déchirer le cœur !" cria-t-il à l'intention de la nature sauvage désormais invisible.

« Nous tombâmes en panne, comme je m'y attendais, et il nous fallut mouiller à la pointe d'une île pour procéder aux réparations. Ce contretemps fut la première chose qui ébranla la confiance de Kurtz. Un matin, il me donna une liasse de papiers et une photographie, le tout retenu par un lacet. "Gardez cela pour moi, dit-il. Ce crétin malfaisant (autrement dit, le directeur) serait capable de fouiller dans mes caisses quand je n'y prends pas garde." Je le revis cet après-midi-là. Il était couché sur le dos, les yeux clos et je me retirai sans bruit, mais je l'entendis marmonner : "Vivre honnêtement, mourir, mourir…" Je tendis l'oreille, mais il ne dit rien de plus.

Répétait-il un discours dans son sommeil, ou bien était-ce un fragment de phrase destinée à un article pour la presse ? Il avait déjà écrit dans des journaux et il entendait recommencer "pour faire avancer mes idées. C'est un devoir".

« Il était plongé dans des ténèbres impénétrables. Je le regardais comme on écarquille les yeux pour apercevoir un homme gisant tout au fond d'un précipice où le soleil ne brille jamais. Mais je n'avais pas beaucoup de temps à lui consacrer parce que j'aidais le mécanicien à démonter les cylindres qui fuyaient, à redresser une bielle tordue, et autres activités du même ordre. Je vivais dans un capharnaüm épouvantable de rouille, de limaille, d'écrous et de boulons, de clefs, de marteaux et de drilles : toutes choses que j'abomine parce que je m'en sors mal. Je m'occupais de la petite forge que nous avions heureusement à bord. Je peinais, je suais sang et eau au milieu d'un infernal tas de ferraille[200], sauf quand j'avais trop la tremblote pour me tenir debout.

« Un soir, comme j'entrais avec une bougie, je fus alarmé de l'entendre dire, d'une voix un peu chevrotante : "Je suis dans le noir et j'attends la mort." En réalité, la lumière était toute proche de ses yeux. Je me forçai à murmurer : "Oh, bêtises !" et je restai, pétrifié, à le contempler.

« Je n'avais jamais rien vu de semblable à l'altération que subirent ses traits et j'espère bien ne jamais le revoir. N'allez pas croire que j'étais ému; non, j'étais fasciné. On eût dit qu'un voile se déchirait. Je pus lire sur ce visage d'ivoire un sombre orgueil, une force impitoyable, une terrifiante lâcheté... à moins que ce ne fût un désespoir d'une intensité absolue. Revivait-il sa vie dans le détail, avec tous ses désirs, toutes ses tentations et ses abdications, en cet instant suprême de révélation totale ? Une image, une vision le fit crier à voix basse et à deux reprises – un cri qui n'était guère plus qu'un soupir : "Cette horreur ! Cette horreur[201] !"

« J'ai soufflé la bougie et quitté la cabine. Les pèlerins dînaient dans le carré et je m'assis en face du directeur, qui leva sur moi un regard interrogateur ; je réussis à ne pas le voir. Il se laissa aller en arrière, serein, avec ce sourire particulier qui n'appartenait qu'à lui et qui venait sceller les profondeurs muettes de sa médiocrité. Une averse ininterrompue de petites mouches[202] ruisselait sur la lampe, la nappe, sur nos mains et nos visages. Soudain, le boy du directeur passa sa tête noire et insolente par la porte, et annonça avec un cinglant mépris : "Missié Kurtz... lui mort."

« Tous les pèlerins se précipitèrent pour aller voir. Je ne bougeai pas et continuai à dîner. J'imagine que mon insensibilité brutale suscita bien des commentaires. Quoi qu'il en soit, je mangeai peu. Il y avait une lampe dans le carré (de la lumière, comprenez-vous) et, dehors, les ténèbres étaient si denses, si terriblement denses. Je ne m'approchai plus de l'homme remarquable qui avait énoncé un verdict sur les aventures de son âme ici-bas. La voix s'était tue. Y avait-il jamais eu autre chose ? Mais, bien entendu, je sais que le lendemain, les pèlerins ont enterré quelque chose dans un trou boueux.

« Et ils furent à deux doigts de m'enterrer, moi aussi.

« Mais, vous le voyez, je ne suis pas allé rejoindre Kurtz sur-le-champ. Non. Je suis resté pour voir la fin du cauchemar et pour faire preuve, une fois encore, de loyauté envers Kurtz. Le destin. Mon destin ! La vie est d'une cocasserie avec ses dispositions mystérieuses, d'une logique impitoyable, au service d' une intention futile. Tout ce que vous pouvez en attendre, c'est quelque révélation sur vous-même, qui arrive trop tard, une gerbe de regrets inextinguibles. Je me suis colleté avec la mort, et c'est bien le plus insipide combat que vous puissiez imaginer. Il se déroule dans une grisaille impalpable, sans rien de solide sous les pieds, sans rien alentour, sans spectateurs, ni ovations, ni gloire, sans grand désir de victoire et sans grande peur de la défaite ; dans une écœurante atmosphère de scepticisme tiède où vous ne croyez guère à vos droits et encore moins à ceux de l'adversaire. Si c'est ainsi que se présente la sagesse suprême, alors la vie est une énigme encore plus indéchiffrable que ne se plaisent à le croire certains d'entre nous. Il s'en fallait d'un cheveu que je tienne ma dernière occasion de m'exprimer et je constatai, humilié, que je n'aurais probablement rien à déclarer. C'est pourquoi j'affirme que Kurtz était un homme remarquable. Lui avait quelque chose à dire, et il l'a dit. Depuis que j'ai eu moi-même un aperçu de "l'autre bord", je comprends mieux le sens de son regard, incapable de voir une bougie mais assez large pour embrasser tout l'univers, assez perçant pour pénétrer tous les cœurs battant dans les ténèbres. Il avait tout résumé et tout jugé : "Cette horreur !" Oui, un homme remarquable. Après tout, il exprimait là une certaine foi[203], sincère et convaincue ; dans son murmure vibrait une certaine révolte et ses paroles avaient le visage effroyable de la vérité devenue un instant visible : ce mélange étrange de désir et de haine. Ce n'est pas de ma propre agonie que j'ai le souvenir le plus net, de cette vision grisâtre et informe, pleine de douleur physique, de ce mépris brutal pour la nature éphémère de toutes choses, la douleur comprise. Non, c'est son agonie qu'il me semble avoir vécue. Certes, lui n'avait pas interrompu sa marche, il avait franchi le pas, tandis que j'avais eu la possibilité de reculer mon pied hésitant. Peut-être toute la différence est-elle là, peut-être toute la sagesse, toute la vérité et la sincérité se trouvent-elles condensées dans cette fraction inestimable du temps où nous franchissons le pas de l'invisible[204]. Peut-être ! J'aime à croire que mon résumé n'eût pas tenu en un mot de brutal mépris. Mieux vaut son cri, beaucoup mieux. C'était une affirmation, une victoire morale, remportée au prix d'innombrables défaites, d'abominables terreurs et d'abominables satisfactions. Mais c'était néanmoins une victoire ! C'est pourquoi je suis resté loyal à Kurtz jusqu'à la fin, et même au-delà, jusqu'au jour où, longtemps après, j'entendis une fois encore, non pas sa propre voix, mais l'écho de sa magnifique éloquence renvoyé par une âme pure et transparente comme une falaise de cristal.

« Non, ils n'eurent pas l'occasion de m'enterrer, même si je ne garde qu'un souvenir flou de cette période, un étonnement apeuré, comme si j'avais traversé un monde inconcevable, dépourvu d'espoir et de désir. Je me suis retrouvé dans la ville sépulcrale, incapable de supporter la vue de tous ces gens qui se hâtaient dans les rues pour se filouter les uns les autres, pour dévorer leur infâme cuisine, avaler leur bière infecte, pour rêver leurs rêves insignifiants et sots. Ils empiétaient sur mes réflexions. C'étaient des intrus qui n'avaient selon moi qu'une fausse et agaçante connaissance de la vie ; j'étais si certain qu'ils ne pouvaient savoir ce que moi, je savais. Leur comportement (simplement celui d'individus ordinaires vaquant à leurs occupations avec la certitude d'être pleinement en sécurité), ce comportement m'était une insulte aussi scandaleuse que la bêtise qui s'affiche devant un danger qu'elle n'est pas à même de comprendre. Je n'avais pas particulièrement envie de les éclairer, mais j'avais en revanche un peu de mal à ne pas rire au nez de ces gens si stupides et si pleins de leur propre importance. Je suppose que je n'allais pas très bien à cette époque-là. Je déambulais par les rues d'une démarche mal assurée (il y avait diverses affaires à régler) et je dévisageais en ricanant avec amertume des personnes tout à fait respectables. J'admets que ma conduite était inexcusable, mais il faut dire que j'étais en permanence plus ou moins fiévreux. Les efforts de ma chère tante pour me "refaire une santé" semblaient complètement futiles. Ma santé n'avait nul besoin d'être refaite. C'était mon imagination qui avait besoin d'apaisement. J'avais toujours les papiers de Kurtz et je ne savais pas au juste quoi en faire. Sa mère était morte récemment, veillée dans sa maladie, me dit-on, par la Promise de Kurtz. Un jour, je reçus la visite d'un homme rasé de près, portant des lunettes à monture d'or : un homme aux allures de fonctionnaire. D'abord indirect, il se fit ensuite doucereux et pressant pour obtenir des renseignements sur ce qu'il aimait appeler certains "documents". Je ne fus pas étonné car, avant mon retour, je m'étais disputé deux fois avec le directeur sur ce même sujet. J'avais refusé de me séparer du moindre manuscrit et j'adoptai la même attitude avec l'homme aux lunettes. Il finit par proférer de ténébreuses menaces et par faire valoir, avec beaucoup de mordant, que la Compagnie était en droit d'exiger toute information concernant ses "territoires". Et d'ajouter : "M. Kurtz devait nécessairement avoir une connaissance vaste et particulière de régions inexplorées, étant donné ses grandes capacités et les circonstances déplorables dans lesquelles il s'était retrouvé. En conséquence…" Je l'assurai que les connaissances de M. Kurtz, quoique vastes, ne portaient pas sur des problèmes commerciaux et administratifs. Il en appela ensuite à la science : "La perte serait irréparable si…", etc. Je lui offris le rapport sur l'"Abolition des coutumes barbares" dont j'avais arraché le post-scriptum. Il s'en saisit avidement mais il finit par faire le nez dessus avec mépris. "Ce n'est pas ce que nous étions en droit d'espérer", remarqua-t-il. "N'espérez rien d'autre, lui dis-je. Il n'y a que des lettres personnelles." Il se retira sur une vague menace de poursuites en justice, et je ne le revis plus. Mais un autre type, le soi-disant cousin de Kurtz, apparut deux jours plus tard, très désireux d'apprendre tous les détails concernant les derniers instants de son cher parent. En passant, il me laissa entendre que Kurtz avait été d'abord et avant tout un grand musicien[205]. "Il aurait pu obtenir un immense succès", dit cet homme qui, je crois, était organiste et dont les cheveux gris et plats flottaient sur le col graisseux de son pardessus. Je n'avais pas de raison de mettre ses paroles en doute. À ce jour, je suis incapable de dire quelle était la profession de Kurtz, s'il en a jamais eu une. Là était bien le plus grand de ses talents. Je l'avais pris pour un peintre écrivant dans les journaux ou alors pour un journaliste sachant peindre, mais même son cousin (qui se mit à priser durant notre entretien) ne pouvait me dire ce qu'il avait été avec précision. C'était un génie universel et, sur ce point, j'étais d'accord avec le vieux bonhomme qui, sur ces entrefaites, se moucha bruyamment dans un grand mouchoir en coton avant de s'en aller, en proie à une agitation sénile et en emportant quelques lettres et souvenirs de famille sans importance. Finalement débarqua un journaliste, désireux d'apprendre le sort de son "cher confrère". Ce visiteur m'informa que le seul domaine auquel aurait dû se consacrer Kurtz, c'était la politique "à tendance populaire". Il avait des sourcils droits et drus, des cheveux coupés en brosse, un monocle attaché à un large ruban et, devenant plus volubile, il me confia que, selon lui, Kurtz en réalité ne savait pas écrire. "Mais, par Dieu, pour ce qui est de parler, il n'avait pas son pareil. Il pouvait électriser des foules entières. Il y croyait, comprenez-vous, il avait la foi. Il pouvait se persuader de croire n'importe quoi, absolument n'importe quoi. Il eût fait un magnifique chef de parti." "Quel parti?" demandai-je. "N'importe lequel, répondit l'autre. C'était un… extrémiste." Est-ce que je n'étais pas de cet avis? Je l'étais. Est-ce que je savais, demanda-t-il soudain pris de curiosité, "ce qui avait bien pu le pousser à partir là-bas"? "Oui", dis-je, en lui donnant le fameux rapport qu'il était libre de publier s'il le désirait. Il le parcourut rapidement, sans cesser de grommeler, estima que "ça ferait l'affaire" et puis il s'en fut avec son butin.

« C'est ainsi qu'il ne me resta finalement qu'un mince paquet de lettres et le portrait de la jeune fille. Je fus frappé par sa beauté, je veux dire par la beauté de son expression. Je sais qu'on peut faire mentir[206] même la lumière du soleil, mais on sentait que cette tonalité délicate de confiance dans les traits ne pouvait résulter d'une quelconque manipulation de la lumière ou de la pose. Elle semblait prête à écouter, sans arrière-pensée, sans l'ombre d'un soupçon, en s'oubliant totalement. Pour finir, je décidai d'aller lui rendre moi-même son portrait et les lettres. Curiosité ? Oui, et quelque autre sentiment peut-être. J'avais laissé échapper tout ce qui avait appartenu à Kurtz : son âme, son corps, son poste, ses projets, son ivoire, sa carrière. Il ne restait que sa mémoire et sa Promise et je voulais aussi les abandonner au passé d'une certaine façon : rendre personnellement tout ce qui me restait de lui à cet oubli qui est le dernier mot de notre commune destinée. Je ne me cherche pas d'excuses. Je ne savais pas très clairement ce que je voulais en réalité. Peut-être était-ce un élan de loyauté inconsciente, ou bien l'accomplissement d'une de ces nécessités ironiques qui se dissimulent sous les données de l'existence humaine. Je ne sais, je ne saurais dire. Toujours est-il que j'y suis allé.

« Je croyais que le souvenir que je gardais de lui était semblable à tous les souvenirs des morts qui s'accumulent dans la vie de chacun de nous : l'empreinte vague sur le cerveau d'ombres qui s'y étaient imprimées lors de leur ultime et rapide passage ; mais devant la porte monumentale, entre les autres maisons d'une rue calme et convenable comme l'allée bien entretenue d'un cimetière, je le revis sur son brancard, la bouche ouverte avec voracité, prêt à dévorer toute la terre et ses habitants. Alors il reprit vie sous mes yeux et redevint aussi vivant qu'il l'avait jamais été : une ombre affamée d'apparences splendides et d'effrayantes réalités ; une ombre plus ténébreuse que l'ombre de la nuit et drapée noblement dans les plis de sa riche éloquence. Ce fut comme si cette vision entrait avec moi dans la maison : le brancard, les porteurs du fantôme, la foule sauvage des adorateurs dociles, l'obscurité de la forêt, le fleuve scintillant entre les deux coudes assombris, le battement du tam-tam régulier et assourdi comme le battement d'un cœur, le cœur des ténèbres triomphantes. C'était un moment de victoire pour la sauvagerie, un assaut envahissant et vengeur que, me sembla-t-il, je devrais repousser tout seul pour le salut d'une autre âme. Et le souvenir de ce qu'il avait dit là-bas, si loin, tandis que les silhouettes des hommes coiffés de cornes s'agitaient derrière moi à la lueur des feux, dans les bois patients, toutes ces phrases sans suite me revinrent, et je les entendis à nouveau dans leur simplicité sinistre et terrifiante. Je me souvins de ses supplications ignobles, de ses menaces abjectes, de l'étendue colossale de ses vils désirs, de la bassesse, de la torture, de l'angoisse impétueuse de son âme. Et ensuite il me sembla voir son calme alangui le jour où il dit : "Ce lot d'ivoire est à moi, en fait. La Compagnie ne l'a pas payé. Je l'ai réuni moi-même en courant les plus grands risques. Mais je crains qu'ils ne tentent quand même de revendiquer leurs droits dessus. Hum, c'est un problème délicat. Que devrais-je faire d'après vous ? Résister ? Après tout, je ne veux que la justice." Il ne voulait que la justice, rien que la justice. Je tirai la sonnette d'une porte d'acajou au premier étage et, tandis que j'attendais, je crus le voir dans ce bois lisse et brillant[207] : il me regardait fixement, il me regardait de ce regard vaste, immense, capable d'embrasser, de condamner, d'exécrer tout l'univers. Il me sembla l'entendre chuchoter son cri : "Cette horreur ! Cette horreur !"

« Le soir tombait. Je fus introduit dans un vaste salon où les trois hautes fenêtres, du sol au plafond, semblaient trois colonnes drapées de lumière. On devinait à des lueurs et à des courbes vagues les meubles à pieds et dossiers incurvés et dorés. La grande cheminée de marbre était d'une blancheur froide et monumentale. Dans un coin, un imposant piano à queue auquel les surfaces planes, aux reflets ténébreux, donnaient l'allure d'un sarcophage sombre et bien ciré. Une haute porte s'ouvrit, se referma[208]. Je me levai.

« Pâle de visage, elle s'avança, habillée tout de noir, comme si elle flottait vers moi dans le crépuscule. Elle était en deuil. Plus d'une année s'était écoulée depuis sa mort, plus d'une année depuis l'annonce de cette mort, mais il semblait qu'elle n'en finirait pas de se souvenir et de porter le deuil. Elle prit mes deux mains dans les siennes et murmura : "Je savais que vous deviez venir." Je remarquai qu'elle n'était pas très jeune ; elle n'avait rien d'adolescent, veux-je dire. Elle avait atteint la maturité pour ce qui était de l'aptitude à la fidélité, à la foi, à la souffrance. La pièce semblait s'être assombrie, comme si toute la triste lumière de cette soirée nuageuse s'était réfugiée sur son front. Ces cheveux blonds, ces joues pâles, ce front pur paraissaient auréolés d'un halo cendreux d'où les yeux sombres me dévisageaient, avec un regard franc, profond, assuré et confiant. Elle avait un port de tête douloureux mais altier, comme pour dire : Moi seule sais le pleurer comme il le mérite. Mais tandis que nous en étions encore à échanger une poignée de main, une expression d'affliction épouvantable sur son visage me fit comprendre qu'elle n'était pas de ces créatures dont le Temps peut se jouer. Pour elle, Kurtz était mort la veille. Par Dieu, l'impression fut si forte que j'eus le sentiment, moi aussi, qu'il était mort la veille ! Que dis-je ! À cette minute, je les vis, elle et lui, simultanément ! Mort et affliction simultanées : je la vis pleurer à l'instant même où il mourait. Comprenez-vous ? Je les vis, je les entendis ensemble. Elle avait dit, d'une voix entrecoupée, "j'ai survécu[209]" et dans le même temps, j'avais réussi à saisir[210] le chuchotement final de Kurtz, celui de sa condamnation éternelle, et il se mêlait aux accents pleins de regrets désespérés de la jeune femme. J'en vins à me demander ce que je faisais là, avec au cœur une sensation de panique, comme si je m'étais aventuré par mégarde en un lieu de mystères si cruels et absurdes qu'il ne sied pas à un être humain de les contempler. Elle m'entraîna vers un fauteuil. Nous nous assîmes. Je mis doucement mon paquet sur la petite table et elle posa la main dessus… "Vous le connaissiez bien", murmura-t-elle, après un silence affligé.

« "Là-bas, on devient très vite intimes, dis-je. Je le connaissais aussi bien qu'il est possible à un homme d'en connaître un autre." »

« "Et vous l'admiriez, dit-elle. Il était vraiment impossible de ne pas l'admirer, dès qu'on le connaissait." »

« "C'était un homme remarquable", dis-je, la voix mal assurée. Mais sous son regard fixe qui suppliait, qui guettait d'autres mots sur mes lèvres, je continuai : "Il était impossible de ne pas…" »

« "…L'aimer, compléta-t-elle avec une ardeur qui me réduisit au silence, à un mutisme consterné. Comme c'est vrai, si vrai ! Et quand vous pensez que personne ne le connaissait aussi bien que moi. J'avais toute sa noble confiance. Je le connaissais mieux que n'importe qui." »

« "Vous le connaissiez mieux", répétai-je. C'était peut-être vrai. Mais à chaque mot prononcé, la pièce s'assombrissait et seul son front, lisse et blanc, demeurait éclairé par la lumière inextinguible de la foi et de l'amour.

« "Vous étiez son ami, continua-t-elle; son ami, redit-elle un peu plus fort. Bien sûr, vous l'étiez puisqu'il vous a donné ceci et qu'il vous a envoyé à moi. Je sens que je peux vous parler, et je veux tant parler. Je veux que vous qui avez entendu ses dernières paroles, vous sachiez que j'ai été digne de lui... Ce n'est pas de l'orgueil... Si! Je suis fière de savoir que je l'ai compris mieux que personne au monde... Il me l'a dit lui-même. Et depuis la mort de sa mère, je n'ai eu personne... personne... pour..."

« J'écoutais. Les ténèbres s'épaississaient. Je n'étais même pas sûr qu'il m'eût donné le bon tas[211] de lettres. J'ai dans l'idée qu'il voulait que je m'occupe d'une autre liasse de papiers, ceux que le directeur examina sous la lampe, après sa mort. Et la jeune fille parlait, trouvant dans la certitude de ma sympathie de quoi atténuer sa souffrance; elle parlait comme boivent les hommes assoiffés. J'avais entendu dire que sa famille n'avait pas approuvé ses fiançailles avec Kurtz. Il n'était pas assez riche ou quelque chose dans le genre. À vrai dire, j'ignore s'il ne connut pas, toute sa vie, l'indigence. D'après ce qu'il m'avait laissé entendre, c'était son dégoût d'une pauvreté relative qui l'avait poussé à partir[212].

« "... Comment pouvait-on ne pas être son ami dès qu'on l'avait entendu parler une fois? disait-elle. Il attirait à lui les hommes par ce qu'ils avaient de meilleur en eux." Elle me regarda avec intensité. "C'est le talent des grands", poursuivit-elle, et le timbre de sa voix semblait avoir pour accompagnement tous les autres sons pleins de mystère, de désolation et d'affliction que j'avais entendus : le clapotis du fleuve, le bruissement des arbres agités par le vent, les murmures des foules, le faible écho de mots incompréhensibles parvenant de très loin, le chuchotement d'une voix qui parle d'au-delà les ténèbres éternelles. "Mais vous l'avez entendu parler ! Vous le savez !" s'exclama-t-elle.

« "Oui, je sais", dis-je avec une sorte de désespoir au cœur, mais non sans m'incliner devant la foi qui l'habitait, devant la grande illusion salvatrice qui brillait d'un éclat surnaturel dans les ténèbres, dans les ténèbres victorieuses[213] dont je n'aurais pu la défendre, dont je ne pouvais même pas me défendre moi-même.

« "Quelle perte pour moi – pour nous !" se corrigea-t-elle avec une belle générosité ; puis elle ajouta dans un souffle : "Pour le monde." Aux dernières lueurs du couchant, je voyais briller ses yeux pleins de larmes, des larmes qui refusaient de couler.

« "J'ai été très heureuse... privilégiée... fière, continua-t-elle. Trop privilégiée. Trop heureuse pendant une courte période. Et maintenant je suis malheureuse ... pour toujours."

« Elle se leva. Sa chevelure blonde semblait attirer tout ce qui restait de lumière et en faire des reflets d'or. Je me levai aussi.

« "Et de tout cela, poursuivit-elle douloureusement, de tout ce qu'il promettait, de toute sa grandeur, de son esprit généreux, de son noble cœur, il ne reste rien, rien qu'un souvenir. Vous et moi…"

« "Nous ne l'oublierons jamais", dis-je précipitamment.

« "Non ! s'écria-t-elle. Il est impossible que tout soit perdu, qu'une telle vie soit sacrifiée et qu'il n'en reste rien, hormis l'affliction. Vous connaissez les vastes projets qui étaient les siens. Je les connaissais aussi, je ne comprenais peut-être pas, mais d'autres les connaissaient aussi. Il faut qu'il reste quelque chose. Ses paroles, au moins, ne sont pas mortes."

« "Ses paroles resteront."

« "Et son exemple, murmura-t-elle pour elle seule. Il était un phare pour tous, sa bonté brillait dans chacun de ses actes. Son exemple…"

« "Vrai, il y a aussi son exemple. Oui, j'allais l'oublier."

« "Moi pas. Je n'arrive pas, je n'arrive pas encore à croire. Je n'arrive pas à croire que je ne le verrai plus jamais, que personne ne le reverra jamais, jamais, jamais."

« Les mains pâles et serrées, elle tendit ses bras comme en direction d'une silhouette qui s'éloigne et ils zébrèrent de noir le reflet presque éteint de l'étroite fenêtre. Ne plus jamais le voir ! Je le voyais fort clairement[214] en cette minute même. Je reverrai cet éloquent fantôme aussi longtemps que je vivrai, et je la reverrai, elle aussi, ombre tragique et familière, si proche par son attitude d'une autre[215], également tragique, parée de charmes impuissants, qui étendait ses bras nus et bruns au-dessus du fleuve scintillant et diabolique, le fleuve des ténèbres. Elle dit soudain, à voix très basse : "Il est mort comme il a vécu."

« "Sa fin, dis-je, agité au tréfonds de moi par une sourde colère, fut en tout point digne de sa vie."

« "Et je n'étais pas avec lui", murmura-t-elle. Ma colère reflua et fit place à une infinie pitié.

« "Tout ce qui pouvait être fait…", marmonnai-je.

« "Ah, mais je croyais en lui plus que personne au monde, plus que sa propre mère, plus que… lui-même. Il avait besoin de moi. De moi ! J'aurais gardé comme un trésor le souvenir de chacun de ses soupirs, chacune de ses paroles, chaque signe, chaque regard."

« Un étau glacial enserra ma poitrine. "Je vous en prie", suppliai-je d'une voix étouffée.

« "Pardonnez-moi. Je… l'ai pleuré si longtemps en silence. En silence. Vous avez été avec lui jusqu'au bout ? Je pense à sa solitude. Personne auprès de lui pour le comprendre comme je l'aurais compris. Personne peut-être pour entendre…"

« "Jusqu'à la dernière minute, dis-je, mal assuré. J'ai entendu ses tout derniers mots…" Je m'interrompis dans un accès de panique.

« "Redites-les-moi, murmura-t-elle, brisée de douleur. J'ai besoin… J'ai besoin de quelque chose… pour… continuer… à vivre."

« J'étais sur le point de lui crier : "Ne les entendez-vous pas ?" Le crépuscule les redisait en un chuchotement persistant qui nous enveloppait, un chuchotement qui s'enflait et devenait menaçant comme le premier chuchotement d'un vent qui se lève : "Cette horreur ! Cette horreur !"

« "Son dernier mot – pour continuer à vivre, insista-t-elle. Ne comprenez-vous pas que je l'aimais ! Je l'aimais !"

« Je me ressaisis et je dis lentement :

« "Sa dernière parole fut… votre nom."

« J'entendis un léger soupir et puis mon cœur s'arrêta, s'arrêta net à cause d'un cri de joie triomphante et terrible, le cri de la victoire inconcevable et de l'ineffable souffrance : "Je le savais, j'en étais sûre !…" Elle savait. Elle était sûre. Je l'entendis pleurer, elle avait enfoui son visage dans ses mains. Il me sembla que la maison allait s'effondrer sans me laisser le temps de fuir, que le ciel allait me tomber sur la tête. Rien de tel ne se passa. Le ciel ne tombe pas pour si peu de chose. Serait-il tombé, je me le demande, si j'avais rendu à Kurtz la justice qui lui était due ?

N'avait-il pas dit qu'il ne désirait que la justice ? Mais je n'ai pas pu. Je n'ai pas pu lui dire. C'eût été trop… bien trop ténébreux[216] ! »

Marlow se tut et resta assis à l'écart, invisible et silencieux, tel un Bouddha en pleine méditation. Pendant un moment, personne ne bougea. "La marée a tourné et nous ne nous en sommes pas avisés", dit soudain l'Administrateur. Je levai la tête. En direction du large s'élevait une barrière de nuages noirs et le cours d'eau tranquille menant aux confins de la terre coulait sombrement sous un ciel couvert, comme s'il menait au cœur d'infinies ténèbres.

Notes

1. « ... pourtant n'émanait de ces flammes / Aucune lumière mais bien les ténèbres rendues visibles ».
2. Cedric Watts, *A Preface to Conrad* (1982), 1993, Londres, Longman, p. 29 (notre traduction).
3. Voilier à deux mâts.
4. Le voilier exerce une traction et tend à se placer dans le prolongement du mouillage.
5. S'amarrer de manière à présenter le travers.
6. Apparaît ici le thème du fleuve labyrinthique qui amène des envahisseurs mais les conduit parfois aussi à se « perdre ».
7. Longue perche servant à tendre un certain type de voile.
8. Port sur l'estuaire de la Tamise. Dans ces deux premiers paragraphes, l'immobilité forcée du voilier dans un entre-deux (aval / amont, lumière / obscurité) constitue une condition favorable au récit, tandis que les termes techniques créent l'exotisme propre au récit de marin.
9. Probablement G.F.W. Hope, ami de Conrad depuis 1880 et propriétaire d'un voilier de plaisance, le *Nellie*.
10. En anglais, *yarns* : histoires au cours desquelles les marins ont tendance à enjoliver la réalité. Conrad prend ici ses distances, par avance, avec son narrateur Marlow.

Notes

11. Avec l'Administrateur et le Comptable, ce personnage incarne l'une des trois valeurs (le commerce, le droit, la finance) au nom desquelles les pires exactions sont commises au Congo.

12. Ces dominos permettent à l'ivoire de faire une première apparition discrète dans le récit.

13. Seul Marlow ne se ramène pas à une fonction anonyme. Conrad l'avait créé dans *Jeunesse* et l'utilisera à nouveau dans *Lord Jim* et dans *Fortune*. À son sujet, il écrivit en 1917 : « En dépit du ton assuré de ses opinions, Marlow n'a rien d'un importun [...]. De toutes mes créatures, il est bien assurément le seul qui n'ait jamais été un tracas pour mon esprit. Le plus discret et le plus compréhensif des hommes. »

14. Le plus proche de l'arrière du navire.

15. Cet état d'esprit va également favoriser l'activité narrative, mais le récit de Marlow inspirera des sentiments très éloignés de la placidité.

16. Sir Francis Drake (v. 1543-1596) fut un marin et un explorateur audacieux, et aussi un corsaire de grand talent au service d'Élisabeth Ire, qui le fit chevalier.

17. Sir John Franklin (1786-1847), amiral et explorateur, tenta de découvrir le passage du Nord-Ouest entre l'Atlantique et le Pacifique.

18. La *Biche d'or*, navire sur lequel Drake fit le tour du monde.

19. Élisabeth Ire (1533-1603), dite la Reine vierge, fille d'Henri VIII et d'Anne Boleyn. Sous son règne, l'Angleterre connut une période d'essor incomparable dans de multiples domaines.

20. Deux petits navires qui participèrent à des expéditions arctiques sous le commandement de Franklin, et en particulier à celle au cours de laquelle il disparut.

21. Bourgs de l'estuaire de la Tamise.

22. Navires trafiquant en fraude, par opposition à ceux qui étaient munis de brevets.

23. Espace que la mer laisse à découvert à chaque marée.

24. Marlow semble avoir lu dans les pensées du narrateur, ce qui le place dès l'abord dans la position du « voyant », et donne à sa parole un poids accru.

25. Contrairement à la majorité des marins, Marlow aura l'occasion de découvrir ce qui se dissimule derrière ce « voile ».

26. Cette entrée en matière rappelle le début traditionnel des contes « Il était une fois... », et place d'emblée le lecteur-auditeur dans un état de réceptivité confortable pour Marlow.

27. Première occasion pour Marlow de suggérer que les hommes « civilisés » ne sont pas toujours là où on les attend. Les « sauvages », à l'époque, ce sont les Anglais.

28. Vin de Campanie, célèbre dans l'Antiquité.

29. *Wilderness* en anglais. Ce terme sera souvent repris (et diversement traduit). Avec « sauvagerie », il introduit un autre thème essentiel du roman : la force de l'atavisme et la fragilité du vernis de la civilisation.

30. Ville du nord de l'Italie, sur la côte adriatique.

31. Tout ce passage annonce l'évolution de Kurtz au Congo. C'est une manière pour Conrad d'abolir la distance temporelle entre hier et aujourd'hui, de même qu'il abolit la distance spatiale entre la Tamise et le fleuve Congo. Mais c'est aussi une manière pour Marlow d'épargner ses auditeurs et de retarder le moment où il va les plonger dans des abominations tout à fait actuelles.

32. Conrad fait ici, par prudence ou par conviction, une distinction entre la colonisation britannique et celle des autres pays. La même distinction se retrouvera dans le passage sur la répartition des couleurs sur la carte, p. 37.

33. Ne pas oublier que ce texte fut publié en 1899 dans une revue conservatrice et à une époque où la majorité des Anglais étaient des impérialistes ardents et enthousiastes.

34. Dès à présent, il importe pour Marlow de souligner la correspondance entre le voyage au cœur de l'Afrique et le voyage intérieur aux limites de lui-même.

35. La carrière de Marlow se calque sur celle de Conrad entre 1883 et 1889.

36. Marlow se prend parfois pour cible de sa propre ironie. Mais le sarcasme a aussi une portée plus générale, dans la mesure où les impérialistes ont souvent défendu par ce genre d'alibi leurs actes les moins justifiables dans les pays colonisés. Cf. « *the white man's burden* » : littéralement, « le fardeau de l'homme blanc », c'est-à-dire la responsabilité des Blancs à l'égard des « races de couleur ».

37. En anglais, *blank* : ce « blanc », c'est le cœur de l'Afrique noire. Dès le départ, Conrad subvertit la symbolique traditionnelle du noir et du blanc, de l'ombre et de la lumière.

38. Détail autobiographique.

39. Le Congo, dont Stanley avait exploré le cours de 1874 à 1877, après avoir « retrouvé », en 1871, le missionnaire Livingstone qui avait, pour sa part, contribué à résoudre le problème de la source de ce fleuve.

40. La Société anonyme belge pour le commerce du Haut-Congo qui employa Conrad en 1890, et peut-être la Société générale de Belgique qui finançait l'exploitation du cuivre et la construction d'une voie ferrée dans ce territoire. Le Congo, État indépendant, était placé sous l'autorité personnelle de Léopold II depuis la conférence de Berlin (1885) et le resta jusqu'en 1908.

41. En 1890, Conrad eut effectivement le commandement d'un de ces vapeurs, le *Roi des Belges*, mais très brièvement.

Notes

42. Célèbre rue de Londres, proche de la Tamise, où se concentrent journaux et maisons d'édition.

43. Ou plutôt une cousine par alliance, Marguerite Poradowska, qui vivait à Bruxelles, encouragea Conrad à persévérer dans la littérature, et avec laquelle il entretint une importante correspondance.

44. Ainsi Marlow va succéder à un homme dont la personnalité a subi une métamorphose totale, une désintégration qui l'a livré tout entier à ses instincts les plus ténébreux. Ce premier avertissement sera suivi de beaucoup d'autres.

45. Par ces mots, Marlow établit un parallélisme ironique entre sa propre attitude et, d'autre part, celle de la foule terrifiée (« folle terreur ») et des deux volatiles à l'origine du drame évoqués un instant plus tôt.

46. Bruxelles. L'expression est empruntée à l'Évangile (Matthieu, XXIII, 27) : « Malheur à vous, scribes et Pharisiens, hypocrites ! car vous êtes comme des sépulcres blanchis… »

47. Ces deux femmes (ces deux poules noires ?) renvoient aux Parques, divinités du Destin dans l'Antiquité, mais aussi aux « tricoteuses » de la Révolution française. Voir aussi *Le Conte des deux villes* de Dickens.

48. Moins de 1,70 m.

49. La notion de secret est centrale dans *Le Cœur des ténèbres*. Tous les personnages sont amenés à cacher au moins une part de la vérité ou ne la révèlent qu'à contrecœur. Marlow n'échappera pas à cette nécessité malgré sa haine du mensonge (p. 75). De plus, la hantise du secret fut caractéristique pendant des siècles des navigateurs de toutes nationalités, qui voulaient s'assurer le monopole du commerce avec les pays qu'ils avaient découverts.

50. Étoffe grossière utilisée pour tresser des chaussons.

51. Formule par laquelle les gladiateurs romains s'adressaient à l'empereur : « Salut ! ceux qui vont mourir te saluent. »

52. Citation apocryphe du philosophe grec.

53. Ce médecin est un disciple de Gall (1758-1828), médecin allemand fondateur de la phrénologie, doctrine qui devait permettre d'étudier les capacités intellectuelles d'un individu d'après la conformation externe de son crâne.

54. Long vêtement surtout porté par les Juifs au Moyen Âge. Voir *Le Marchand de Venise* de Shakespeare (I, 3), où Shylock s'exclame : « *You call me misbeliever, cut-throat dog, / And spit upon my Jewish gaberdine* » (« Vous me traitez de mécréant, de chien sanguinaire, / Et vous crachez sur ma houppelande juive »).

55. Jeu de mots sur *twopenny-halfpenny* (littéralement : de deux pence et demi, c'est-à-dire sans valeur) et *penny-whistle* ou *tin-whistle* : le sifflet du vapeur (ou rossignol) qui, malgré ce nom péjoratif, aura un rôle important à jouer (p. 119, 167).

56. À l'occasion du jubilé de Victoria, en 1897, les sentiments patriotiques et impérialistes s'étaient donnés libre cours dans la presse, par exemple dans *Cosmopolis*, alors que ce magazine publiait dans le même temps la nouvelle de Conrad « Un avant-poste du progrès », qui dénonçait le colonialisme en Afrique. Ces années sont également celles où les écrivains W.E. Henley et R. Kipling se font les chantres de l'Empire britannique.

57. Autre détail autobiographique.

58. Ici, droits de douane, mais le mot anglais *toll* peut également signifier « glas »; étant donné le sort de certains des soldats censés prendre soin des douaniers, l'utilisation de ce terme n'est pas dépourvue d'humour noir.

59. Noms de villes réels mais sélectionnés pour mettre en relief le sentiment d'irréalité qui ne va plus quitter Marlow, et qui l'empêche de s'en remettre à ce que lui dictent sa logique ou ses sens.

Notes

60. Contre les Allemands, pour la possession des villes côtières mentionnées, proches de la frontière entre Dahomey et Togo.

61. Ajoutée à la boue et à l'atmosphère terreuse, cette vase participe de la décomposition générale de l'univers autour de Marlow.

62. Environ 320 km.

63. Environ 48 km.

64. Comme Conrad lui-même ? Sa correspondance témoigne en effet qu'il n'avait pas de mots assez durs pour déprécier ses propres œuvres. Dans une lettre à Roger Casement, en 1903, il dira par exemple du *Cœur des ténèbres* que « c'est une effroyable mélasse ».

65. La voie ferrée de Matadi à Kinshasa, qui devait permettre d'éviter les nombreux rapides sur le cours inférieur du Congo.

66. Réflexion sur le langage qui détermine notre vision de la réalité. La plupart des individus rencontrés par Marlow ne sont même pas des hypocrites mais des êtres corrompus par le vocabulaire en honneur à l'époque.

67. Moins de 20 cm.

68. En anglais, *raw matter* : « matière première », aussi exploitée que n'importe quelle ressource du pays. L'adjectif *raw* (qui peut aussi signifier « cru » ou « à vif ») évoque en outre la déchéance physique de ce bétail humain enchaîné.

69. Environ 1 600 km.

70. Référence à *La Divine comédie* de Dante. Ce qui devait n'être qu'une promenade plaisante sous les ombrages devient voyage initiatique au bout de l'enfer. Celui de Dante est conçu comme un entonnoir dont les cercles successifs sont attribués à diverses catégories de pécheurs. Jusqu'à présent, Marlow jugeait les tirs de mines et le gâchis de matériel comme des absurdités. La chaîne d'esclaves lui a déjà donné une idée de

ce que ces activités impliquent sur le plan humain, mais il a eu la possibilité de se détourner pour ne plus voir. La véritable « lumière » l'attend dans la pénombre du bosquet.

71. Conrad utilise *orb*, terme poétique désignant le globe de l'œil, mais aussi celui du Soleil ou de la Terre, si bien que cette description suggère également la mort du Soleil (p. 23) ou d'une Terre quittant son orbite (p. 52).

72. Cette description d'une créature à mi-chemin de l'homme et de la bête rappelle celles de H.G. Wells dans *L'Île du docteur Moreau* (1896).

73. Kurtz, qui ne sera jusqu'à la page 149 que l'homme dont on parle avant de s'imposer comme « l'homme qui parle ».

74. En anglais, *backbone* : « colonne vertébrale ». Jugement ambigu de la part de Marlow, dans la mesure où l'élégance du comptable est le signe extérieur d'un égocentrisme et d'une indifférence à autrui (les Noirs du bosquet et l'agent malade, p. 56) symptomatiques d'un « pays très démoralisé ».

75. En insistant à ce point sur l'inefficacité qui règne à Matadi, où les Belges ne sont même pas capables de construire proprement une simple cabane, Conrad prive de toute justification l'entreprise coloniale en général, et les souffrances humaines qu'elle implique.

76. C'est-à-dire, ici, au sommet de la hiérarchie des agents ; mais aussi, dans l'esprit du comptable, de qualité exceptionnelle.

77. Stanley Falls.

78. L'expression renvoie à l'Enfer de Dante et à ses cercles successifs (p. 52) ; le « haut pays », « l'intérieur » devient ainsi synonyme de gouffre, et Kurtz, parvenu au sommet de la hiérarchie, est tout à la fois déchu moralement et déjà enterré.

79. Dans la réalité, Conrad devait ramener de Stanley Falls un agent, Klein, terrassé par la dysenterie.

80. Kinshasa.

Notes

81. Environ 15 m.

82. Dans la réalité, il fallut trente-cinq jours à Conrad pour rallier Kinshasa au lieu des vingt escomptés.

83. Situé non loin de Douvres, Deal est censé avoir été le lieu de débarquement de César. Environ 90 kilomètres séparent cette ville de Gravesend.

84. Peu d'écrivains, à la fin du XIXe siècle, étaient capables d'inverser ainsi les critères selon lesquels tel ou tel peuple était jugé inférieur.

85. Cette désertification du pays est notée dans le *Journal* de Conrad : le 5 juillet 1890, « vu un autre cadavre gisant près de la piste dans une attitude de repos méditatif »; le 28 juillet, « sur le chemin, rencontré un squelette attaché à un poteau » (traduction de J.-J. Mayoux).

86. Moins de 5 km.

87. Renforce l'effet produit par « mutinerie » pour évoquer un naufrage d'autant plus surréaliste que le convoi se trouve en plein désert. Marlow, le marin, n'est pas dans son élément, mais il n'en assume pas moins la fonction de « capitaine » et, à ce titre, il est écartelé entre des solidarités contradictoires, avec les Noirs de l'« équipage » et avec l'homme qui fait (piètre) figure d'« officier » simplement parce que c'est un Blanc.

88. On pense à cette porte de l'Enfer sur laquelle Dante imagine l'avertissement célèbre : « *Lasciate ogni speranza voi ch'entrate* ». (« Vous qui entrez, abandonnez toute espérance »).

89. Dans la réalité, Camille Delcommune, directeur de la Compagnie à Kinshasa, et à propos duquel Conrad écrivit, en français, à M. Poradowska qu'il « détest[ait] les Anglais ».

90. En fait, Conrad ne passa que quelques jours à Kinshasa.

91. La réception de Conrad par Delcommune fut effectivement assez froide et l'antipathie jaillit immédiatement entre les

deux hommes, ce qui explique la férocité de la description qui suit. L'accumulation des adjectifs « quelconque », « moyenne », « médiocre » fait du directeur une des incarnations possibles du « démon inconsistant » mentionné par Marlow.

92. En anglais, *rout*, de l'ancien français « route » (bande de soldats pillards), qui a donné « déroute ».

93. Le terme anglais *riot* a aussi le sens d'émeute. Cf. le *Riot Act* voté en 1714, dont on lisait certains passages à une foule rassemblée avant de la disperser par la force : d'où le sens moderne de *to read the Riot Act* : faire les sommations d'usage.

94. Au sens propre, et au sens figuré de pitié.

95. En français dans le texte; le directeur est belge.

96. Marlow est bien placé pour savoir ce que vaut ce genre de déclaration puisqu'il a été lui-même présenté dans les mêmes termes à la Compagnie par sa tante.

97. En anglais *savage*, signifiant ici « agressif »; mais on peut y voir le premier symptôme de la « sauvagerie » qui a contaminé Kurtz et qui menacera Marlow. Qu'il soit affamé renvoie en outre à l'épisode des cannibales, (p. 106).

98. Personnification de la brousse à laquelle Marlow aura souvent recours (p. 74, 124, 164). Ici, elle souligne le contraste entre l'action presque maternelle de la brousse et l'action sanguinaire des Blancs anonymes à l'égard du Noir.

99. Ceci pourrait être un autoportrait (Conrad avait été surnommé « le comte russe » par certains de ses collègues), mais évoque également R.B. Cunninghame Graham (1852-1936), anarchiste aristocratique et explorateur, ami intime de l'écrivain.

100. Ce tableau symboliste, à la manière d'un Jean Delville ou d'un G.F. Watts, renvoie à l'idéalisme du premier narrateur (p. 24) et « fait tache », pour ainsi dire, en ce lieu où règne le matérialisme le plus sordide. Mais cette femme qui s'avance les yeux bandés annonce, moins que les « fiancées » de Kurtz,

l'attitude de Marlow conduisant son vapeur à l'aveuglette dans le brouillard et parmi les écueils.

101. Après avoir été présenté comme un agent, et donc un négociant, particulièrement doué, Kurtz apparaît comme un artiste. Cette contradiction sera renforcée par d'autres qui empêcheront Marlow de se faire une idée cohérente du personnage.

102. Voir la lettre de Conrad à Cunninghame Graham : « Dans la plus noble des causes, les hommes réussissent à mettre un peu de leur bassesse [...]. Toutes les causes sont viciées ; et voilà que vous rejetez celle-ci pour épouser celle-là, comme si l'une c'était le mal et l'autre le bien, alors que ce mal haï de vous se trouve dans toutes les deux, mais déguisé sous des mots différents. » Voir aussi (p. 29) le refus par Marlow des alibis sentimentaux qui permettent de justifier l'injustifiable.

103. Cette assurance est d'autant plus risible chez un homme qui a utilisé un seau percé pour éteindre l'incendie. Le mot a également une portée plus générale et l'une de ces conflagrations sera le scandale du Congo et la campagne lancée par Roger Casement, en 1903-1904, contre les atrocités commises par les colonisateurs. Conrad avait rencontré ce dernier à Matadi en juin 1890.

104. Conrad semble inspiré par tous les Méphistos de l'art lyrique en vogue à l'époque, depuis *La Damnation de Faust* de Berlioz (1848), le *Faust* de Gounod joué en 1863 en Angleterre, jusqu'au *Mefistofele* d'Arrigo Boito représenté à Londres en 1880.

105. Digression caractéristique des fables de marins.

106. Renvoie au moribond de la page 54. Est-ce à dire que Marlow se sent aussi étranger à l'indigène qu'à un Martien, ou bien n'est-ce qu'une façon de suggérer le sentiment d'irréalité du narrateur ? Il se trouve qu'à l'époque, l'astronome ita-

lien Schiaparelli avait annoncé que Mars avait des « *canali* », et que ces canaux furent attribués par certains aux systèmes d'irrigation gigantesques aménagés par les ingénieurs martiens. Une longue polémique s'ensuivit, qui pouvait bien être parvenue aux oreilles d'un marin écossais.

107. Marlow revient à ses auditeurs et au présent quand il s'empêtre dans ses contradictions à un point tel qu'elles entament la maîtrise du langage qui lui permet habituellement de les dissimuler. En outre, ces questions correspondent au besoin pathétique de Marlow d'être rassuré sur ses talents de conteur.

108. Conrad admirait Calderón et sa pièce *La vida es sueño* (*La vie est un songe*). Il y est fait allusion dans *Nostromo* par Decoud : « Tout ceci est la vie, ce doit être la vie, puisque cela ressemble tellement à un rêve. » À rapprocher de l'angoisse exprimée par Conrad dans une lettre à Cunninghame Graham : « Parfois, je perds tout sens de la réalité en une espèce d'effet de cauchemar produit par l'existence. »

109. Littéralement, vie protégée par un charme, un sortilège ; cf. *Macbeth* de Shakespeare (V, 8) : Macbeth croit bénéficier d'une telle protection, aucun homme né d'une femme n'étant censé pouvoir le tuer.

110. Fabricant réputé de biscuits.

111. Toute cette description est construite sur des alliances de mots contradictoires (ou oxymores) : « exubérante » s'oppose à « immobile », « immobile » à « invasion », « tumultueuse » à « muette »... Le contraste entre « ne bougeait pas » et la longue phrase qui précède renforcent l'idée paradoxale d'un mouvement figé et d'une menace d'autant plus angoissante qu'elle ne s'accomplit pas.

112. Reptile préhistorique ressemblant au requin, qui atteignait 10 mètres de long. Renvoie à l'hippopotame de la page 78, mais aussi aux origines du monde évoquées page 90.

Notes

113. Contrée fabuleuse d'Amérique qui, selon les conquistadores, regorgeait d'or.

114. Environ 480 km.

115. Environ 320 km.

116. Beaucoup moins dans la réalité, et Conrad n'était que le second sur le *Roi des Belges*, commandé par le capitaine Kosh. Sur le chemin du retour, ce dernier tomba malade et Conrad assura le commandement quelques jours. Ici, Marlow est seul maître à bord et le fleuve est désert (ce n'était pas le cas en 1890), ce qui permet à Conrad d'accroître la dimension mythique de l'expédition.

117. Avant l'introduction du système décimal (1971), valait deux shillings six pence, quand la livre sterling était divisée en vingt shillings.

118. Terre préhistorique, planète inconnue, héritage d'Adam et Ève après la chute : par ces références multiples, Conrad accroît le sentiment d'étrangeté, tout en accordant à Marlow une dignité mythique puisque l'angoisse et le labeur sont les deux caractéristiques essentielles de son expédition.

119. Par ce jeu de mots (en anglais, *earth* et *unearthly*), Conrad reprend l'idée déjà évoquée d'une terre qui se détruit et se métamorphose, tout comme la réalité se transforme dans le rêve.

120. En anglais, *shackles* : les fers d'un prisonnier, des forçats (p. 49).

121. *De l'origine des espèces* (1859), de Charles Darwin, eut un grand retentissement et fournit souvent un alibi (la notion de survie des plus aptes) aux partisans de l'impérialisme ; en revanche, Conrad (comme H.G. Wells) s'y réfère à des fins plus subversives. Si chacun de nous garde quelque chose de l'animal, de l'ichtyosaure des premiers âges, nous devons garder à plus forte raison quelque chose de l'homme primitif et il n'y a pas de différence radicale entre le civilisé et le sauvage.

Conrad va même jusqu'à suggérer que la franchise de la sauvagerie est moralement préférable à l'hypocrisie de l'homme dit « évolué ».

122. En anglais, *a wiser man* ; allusion au « Poème de l'ancien marin » (1798) de S.T. Coleridge, qui se termine par « *A sadder and wiser man, / He rose the morrow morn* » (« C'est un homme plus triste et plus sage qui se leva le lendemain matin »).

123. Une amélioration de cette nature apporte une réponse ironique à l'enthousiasme réformateur de la tante bruxelloise.

124. Environ 80 km.

125. Stanley Falls.

126. Expression dont l'archaïsme est mis en relief par l'utilisation de « roi » là où l'on attendrait « reine » puisque Victoria règne depuis 1837.

127. Ensemble des machines nécessaires aux opérations qui se font sur un navire.

128. L'ambivalence de Marlow apparaît évidente une fois encore puisque, tout à son bonheur d'avoir trouvé un objet qui lui donne un sentiment de réalité, il n'en confère pas moins à cette trouvaille une dimension magique (« surprenant », « en code », « imaginez », « abracadabrante ») comme s'il était déjà, à son corps défendant, sous l'influence des forces irrationnelles du monde des ténèbres.

129. Écho des dilemmes de Hamlet. On se souvient que, d'après le premier narrateur, les expériences de Marlow sont souvent peu concluantes. Voir aussi les analyses de T. Todorov selon lesquelles l'impossibilité de la connaissance serait l'un des axes essentiels du *Cœur des ténèbres*.

130. Environ 12 km.

131. Il n'est pas indifférent que, sur cette partie du fleuve, les ténèbres s'établissent avant l'heure, comme si la nature se mettait au diapason de la noirceur humaine.

Notes

132. Tout dans ce pays est aveuglant pour Marlow : l'éclat du soleil, la nuit, et maintenant ce brouillard blanc qui le prive de tout repère sensible. Paradoxalement, cette cécité imposée de l'extérieur est ce qui va favoriser chez le personnage, comme s'il était hypnotisé, un certain état de réceptivité et l'intuition (partielle) de la vérité.

133. Du nom du fabricant ; fusil à répétition créé en 1867.

134. Environ 60 cm.

135. Quitter prise sur le fond.

136. Environ 1 200 km.

137. Même remarque dans la nouvelle « Un avant-poste du progrès », où dix indigènes s'engagent auprès de la Compagnie pour six mois « sans avoir idée de ce qu'était un mois en particulier, et en n'ayant qu'une notion très vague du temps en général ».

138. Environ 25 cm.

139. Le thème du cannibalisme apparaît également dans *Falk*, où deux marins se battent afin que le vainqueur puisse dévorer le vaincu. J.-J. Mayoux y voit une marotte de Conrad, mais il introduit, ici, la notion de retenue qui va en partie structurer la suite du récit. Tandis que les Blancs sont creux et se laissent aller à tous leurs appétits, les Noirs au ventre vide ne se départissent pas de leur dignité.

140. En anglais, *a new light* ; Conrad joue sur tous les sens possibles de l'expression puisque le brouillard blanc et aveuglant procure un éclairage nouveau qui favorise certaines intuitions, mais coupe aussi les hommes de la réalité et engendre chez eux des lumières illusoires.

141. Cette évocation correspond à une sorte de « mise en abyme » : *Le Cœur des ténèbres* pourrait bien n'être que le rêve sombre d'un homme affamé.

142. Marlow, marin professionnel, n'envisage la « chute » que sous la forme d'un naufrage. Son tête-à-tête avec Kurtz,

puis avec la fiancée, viendront modifier ce point de vue et lui révéler que l'on peut couler à pic sur la terre ferme.

143. Ce que ne fut pas Conrad dans la réalité ; il semble ici prendre sa revanche en faisant de Marlow un homme qui ne se laisse pas impressionner par les autorités, et qui traite le directeur avec insolence et désinvolture.

144. Un peu plus de 2 km.

145. Description confirmée par les photographies du *Roi des Belges*.

146. Fusil à canon rayé et à chargement par la culasse ; du nom de ses deux inventeurs, Frédéric Martini et Alexander Henry.

147. Moins de 3 m.

148. Environ 100 m.

149. Ce choix n'est pas innocent quand on songe à tous les appétits qui cherchent à s'assouvir au Congo ; en Angleterre, on trouve sa proie sans avoir à la chasser soi-même, ce qui permet de se croire dénué de sauvagerie.

150. Voir *Macbeth* (V, 5) et sa définition de la vie : « *it is a tale / Told by an idiot, full of sound and fury / Signifying nothing* » (« c'est un conte dit par un idiot, plein de bruit et de fureur, et qui ne signifie rien »).

151. Malgré la connotation provinciale de « promise » en français, c'est finalement cette traduction qui a été retenue à cause des échos possibles avec Terre promise dans un texte où la conquête de la terre, des corps et des âmes tient un rôle si important.

152. Après la mort.

153. On pense à *La Belle Dame sans merci* de Keats (1819) et au *Vampire* de Munch (1895) ; la brousse est ici femme et mort, l'instigatrice de métamorphoses irrémédiables chez ceux qu'elle distingue, puisque Kurtz devient tout à la fois l'amant et l'enfant.

154. Conrad confère au drame de Kurtz une dimension cosmique par une série d'étoffements stylistiques : ainsi, de l'os frontal on passe à la tête, à la boule d'ivoire, à des montagnes d'ivoire, à tout l'ivoire du pays ; de même, Kurtz finit par posséder la terre entière et sa prétention bouleverse le cosmos dans sa totalité.

155. Voir lettre en français à Cunninghame Graham : « L'homme est un animal méchant. Sa méchanceté doit être organisée [...] La société est essentiellement criminelle ou elle ne serait pas. » Marlow sape la bonne conscience de ses auditeurs : ce n'est pas par goût du bien qu'ils s'abstiennent de faire le mal mais par lâcheté. Dans les mêmes circonstances que Kurtz, ils agiraient probablement de la même façon.

156. Allusion au mythe de Faust qui, dans le drame de Marlowe (1604), vend son âme au diable afin de devenir le grand empereur du monde. Voir aussi le *Faust* de Goethe (1832).

157. Que toute l'Europe ait contribué à faire de Kurtz ce qu'il est rend le personnage plus représentatif et moins « phénoménal ».

158. Dans la lettre déjà citée à Cunninghame Graham, Conrad écrivait : « Je souhaite l'extermination générale » ; à rapprocher des théories de Sade et de celles de Schopenhauer ; de la haine manifestée par le comptable, et de la folie sanguinaire du pèlerin (p. 131).

159. En fait, c'est uniquement grâce à Marlow que le souvenir de Kurtz survivra, et grâce à l'espèce de sortilège qui condamne Marlow à répéter l'histoire de Kurtz.

160. Le jeune Russe.

161. La fiancée.

162. Celle du timonier.

163. Fin de la digression et reprise du récit.

Notes

164. En anglais, *ado* (voir Shakespeare, *Much ado about nothing* : « Beaucoup de bruit pour rien »). Ce n'est pas la première fois que Marlow contrebalance un élan de tendresse par une démonstration de fermeté (voir, plus loin, son attitude lors de la mort de Kurtz).

165. Dans un récit où la plupart des personnages ont une vision partielle ou déformée de la réalité, les jumelles en viennent à symboliser la démarche de Marlow, qui garde de plus en plus souvent les yeux ouverts, prêt désormais à toutes les « révélations ».

166. L'aspect grotesque de ce personnage de la commedia dell'arte et les couleurs éclatantes de son costume procurent une sorte de répit comique (*comic relief*) après la scène dramatique de l'attaque, et une interruption momentanée des ténèbres, même si le caractère incongru de sa jovialité a de quoi vaguement inquiéter Marlow. L'apparition du jeune homme correspond à une accélération du rythme du récit, comme s'il était désormais porté par le débit précipité de cette voix et non plus par le vapeur-scarabée.

167. Ville située au sud-est de Moscou.

168. Comme le premier, ce deuxième chapitre se clôt sur une évocation de Kurtz ; mais elle entrave la progression du lecteur vers la vérité plutôt qu'elle ne la facilite, dans la mesure où le jeune Russe apparaît comme un filtre supplémentaire.

169. Toute cette description rappelle les dernières pages de *Youth* (*Jeunesse*) et les passages de *Lord Jim* consacrés à l'inconscience et au charme de la jeunesse.

170. Kurtz a réussi à faire « voir » des choses alors que Marlow n'est jamais certain de réussir dans ce domaine (p. 75) et l'on peut se demander s'il n'y a pas de la vanité blessée chez ce dernier. À moins que Kurtz ne soit pour Conrad l'image de l'artiste à succès que lui-même n'est devenu que tardivement dans sa carrière.

Notes

171. En anglais, *to expect* : s'attendre à, croire, compter sur » ; voir Charles Dickens, *Great Expectations* (*Les Grandes Espérances*).

172. Dans cette phrase, Conrad multiplie les citations internes. Ainsi, le masque renvoie au timonier mort (p. 120), la porte de prison au sourire du directeur (p. 64), le savoir caché à la plus âgée des deux tricoteuses bruxelloises (p. 38) ; comme si Marlow, près d'aborder au cœur des ténèbres, revoyait en une seconde toutes les étapes de son voyage initiatique.

173. Comme si, même morts, les indigènes continuaient à adorer Kurtz. Voir (p. 124), la description du crâne de Kurtz transformé en boule d'ivoire ; ici, les têtes empalées sont d'abord prises par Marlow pour un effort de décoration. On est littéralement au cœur des ténèbres, c'est-à-dire d'un univers pervers où « la beauté est laide et belle la laideur » (leitmotiv des sorcières dans *Macbeth* : « *Fair is foul, and foul is fair* »).

174. Marlow a longtemps cru qu'un homme comme Kurtz, possédant un idéal, par opposition à tous les pèlerins sans foi, ne pouvait être creux. Il découvre aujourd'hui que cet idéal n'était que des oripeaux (p. 96) qui se sont envolés à la première secousse, c'est-à-dire lors de sa confrontation avec la solitude et la sauvagerie.

175. En anglais, *the word* : « le mot », qui, en l'occurrence, est proche par son retentissement du Verbe de Dieu.

176. Ici, la définition aboutit à une corruption de la réalité, mais on peut se demander si le refus de Marlow n'exprime pas en outre le parti pris d'un écrivain qui se défie de toute définition, en ce qu'elle implique une simplification de la réalité.

177. Proche de Kurtz physiquement pour la première fois, Marlow n'en a jamais pourtant été aussi éloigné mentalement, et ce jeu de mots sur son nom ressemble à une stratégie défensive ; c'est Marlow qui reste, en fait, « pris de court » devant l'énigme que lui pose cet homme.

178. Plus de 2 m.

179. En anglais, *to tread* : « marcher » ; cf. Yeats (1865-1939) : « *Tread softly because you tread on my dreams* » (« Marchez d'un pied léger car vous marchez sur mes rêves »).

180. On pense au poème de Baudelaire « Les bijoux » : « La très chère était nue, et, connaissant mon cœur, / Elle n'avait gardé que ses bijoux sonores… »

181. Tout se passe comme si l'arrivée de la nuit était une conséquence directe du geste de la femme, qui, ayant touché le ciel, en a fait surgir les ténèbres, garantes de la fidélité de Kurtz.

182. La virulence de Kurtz et sa lucidité concernant les sentiments du directeur viennent éloigner pour un temps l'image du moribond, mais c'est que l'homme est dissimulé par un rideau et que sa déchéance physique est par conséquent invisible.

183. L'ironie est féroce quand on pense à tous les cadavres de Noirs qui jonchent le récit.

184. Environ 480 km.

185. Ainsi, Kurtz est poète, peintre, orateur, écrivain, musicien (p. 177) : un artiste total et incompris ? un esthète se voulant au-dessus de la moralité ? un bon amateur multipliant les poses pour faire oublier une absence essentielle de profondeur ?

186. S'oppose à « montait la garde » ; il est remarquable que les Blancs « veillent » l'ivoire et non le malade ; de même, les deux brasiers marquent concrètement les deux aspirations contradictoires de Kurtz ; *Le Livre de la jungle* de Kipling date de 1894, et il y a du Mowgli chez Kurtz.

187. Marlow a promis au Russe de garder les yeux bien ouverts (p. 158) ; tout le roman est par certains aspects une variation sur le thème du regard (ce qu'on refuse de voir, ce qu'on tente de faire voir, etc.).

Notes

188. Moins de 90 cm.

189. Long manteau, habituellement en ratine, et fabriqué à l'origine en Irlande.

190. La fin de ce paragraphe vient contredire, dans une certaine mesure, le précédent. Marlow s'est abstenu de donner l'alarme non parce qu'il était « tranquillisé », mais pour s'assurer que personne, cette fois, ne s'interposerait entre Kurtz et lui.

191. Environ 25 m.

192. Dans ce passage, Marlow, l'homme de raison, le professionnel terre à terre, prêt à s'adapter aux circonstances matérielles, est pour ainsi dire confronté à l'ombre de lui-même : un être visionnaire et totalement détaché des contingences ; la part de lui-même qu'il a peut-être passé sa vie à esquiver en s'astreignant, entre autres, à la discipline de la marine. C'est sans doute ce qui donne à la scène son caractère surréaliste et son intensité.

193. Contrairement aux autres Blancs, et même à Marlow, Kurtz a totalement accepté ce qu'ils se dissimulent : la présence en lui de l'homme primitif.

194. Jugement de Dieu par l'eau, le feu ; d'où le sens d'« épreuve ». C'est toute l'ambiguïté de sa position que Marlow souligne par l'emploi de ce terme, puisque, faux dieu ou vrai démon, Kurtz ne reconnaît pas d'autre autorité que la sienne propre, et que Marlow a conscience de devoir l'invoquer s'il veut le ramener.

195. En anglais, *to sway* ; la récurrence de ce terme tout au long du récit finit par conférer une espèce de « tremblé », de flou artistique, comme si Marlow rapportait un mirage.

196. Les talismans évoqués jusqu'à présent se sont avérés impuissants à sauver leurs propriétaires, et les objets maléfiques agités ici paraissent bien dérisoires et, comme les flèches, inoffensifs.

Notes

197. Malgré l'expérience de la nuit précédente, Marlow est semblable au Russe qui ne comprenait ni Kurtz ni les indigènes. Ce n'est pas seulement l'étrangeté de la langue qui est en cause ici, mais celle des émotions qui s'expriment. Une fois encore, Marlow est confronté à une énigme irréductible, celle d'un langage oublié et antérieur à Babel, dont chacun porte en soi la nostalgie.

198. Tout se passe comme si l'humanité perdait toute réalité dès qu'elle s'éloigne du cœur des ténèbres : Kurtz est à l'agonie, Marlow « compté parmi les morts », les pèlerins comparés à des fantômes, et le directeur n'a jamais eu la moindre consistance. Toute la description de Kurtz, en particulier, évoque une baroque et macabre mise en scène : le squelette est habillé (« les plis magnifiques »), son crâne creux rempli d'images illusoires, l'imitateur est veillé par une ombre…

199. Qu'est-ce qu'une motivation respectable ? La philanthropie, le commerce de l'ivoire, le colonialisme ? Voir p. 87 : « incapables d'envisager un motif plausible »; quant à Kurtz, il a oublié depuis longtemps quels étaient ses véritables mobiles.

200. Ce que Marlow « abomine », n'est-ce pas son impuissance plutôt que les objets eux-mêmes ? Remarquable parallélisme entre l'agonie de Kurtz, qu'il ne peut ni sauver ni comprendre, et le délabrement du vapeur (p. 102), auquel il lui appartient de remédier.

201. Cet « accès final de sincérité » (p. 165) a fait l'objet d'interprétations multiples. En quoi cette exclamation est-elle l'expression d'une « révélation totale » ? Kurtz juge-t-il ici sa propre vie ou l'humanité entière ? Bien que Marlow et Conrad abordent la fin de leur récit, ils semblent vouloir accroître l'opacité de l'énigme plutôt qu'en donner la clé.

Notes

202. Ne pas oublier que Belzébuth signifie le « seigneur des mouches », étymologiquement (voir le roman de W. Golding, *Sa Majesté de mouches*, 1954).

203. Le « cœur des ténèbres », pour Marlow, n'est-ce pas cette tentation ? Peu importe l'authenticité de l'idéalisme, la pureté de l'enthousiasme, et seul compterait le fait d'avoir eu des idées, des enthousiasmes auxquels on était prêt à se livrer corps et âme ? Tout au long du récit, Marlow n'a cessé de « se reprendre », a refusé de s'abandonner, et il constate maintenant qu'il n'avait rien à donner.

204. En d'autres termes, Marlow n'a pas été jusqu'au bout de son voyage d'initiation. De la même façon, Conrad refuse à ses lecteurs le « confort » d'un récit aboutissant à une limpide révélation.

205. Voir p. 128, « il n'était pas commun ». Alors que Marlow pouvait se croire seul dépositaire de la « vérité » sur Kurtz après la visite du fonctionnaire, il s'aperçoit, avec celle du cousin, qu'il n'en est rien. Si Kurtz éventuellement repose en paix, Marlow est, lui, condamné à ne jamais connaître ce repos puisque les informateurs défilent chez lui et viennent ébranler les pauvres certitudes auxquelles il se croyait arrivé.

206. Les techniques photographiques de l'époque permettaient déjà de retoucher les portraits pour avantager ou désavantager le modèle ; dès 1881, Thomas Hardy utilisait ce ressort dramatique dans *Une Laodicéenne*. Si le soleil peut être mensonger, « aveuglant », cela implique-t-il que les ténèbres puissent devenir instrument de vérité ?

207. Cette porte d'acajou évoque un cercueil ; de plus, elle signale que Marlow pénètre dans un univers où les reflets seront primordiaux, rendant insaisissable la réalité et fluctuante la frontière entre vérité et mensonge.

208. Tout évoque ici une veillée funèbre et un sépulcre somptueux : les colonnes, les ors, le marbre froid, le bois brillant du piano-sarcophage ; les meubles semblent animés et les portes s'ouvrent comme pour laisser entrer un fantôme.

209. Mais, comme Kurtz, à la manière d'une ombre.

210. Depuis qu'il est entré dans la maison, Marlow sent la réalité chanceler autour de lui et il lui faut s'accommoder d'un monde paradoxal où la vision de Kurtz est « vivante » alors que la jeune femme a toutes les caractéristiques d'une apparition.

211. Autrement dit, Kurtz n'attachait peut-être pas tant d'importance à ces lettres, ou même à la jeune femme ; il la mentionnait parmi ses autres « possessions », mais se préoccupait surtout de sa carrière, de ses projets et de son ivoire.

212. L'artiste et le philanthrope disparaissent ici sous les traits de l'aventurier et, pourquoi pas, du coureur de dot.

213. Renversement de la symbolique traditionnelle, puisque la lumière est celle de l'illusion. Dans une certaine mesure, la foi est synonyme d'obscurantisme. Où se situe Marlow entre les pèlerins sans foi et les adorateurs de faux dieux ?

214. Le reflet de la fenêtre est comme un miroir de l'autre côté duquel serait passé Marlow. Chaque preuve d'adulation de la jeune femme évoque pour lui une image « en négatif » : les vastes projets ont conduit à un post-scriptum sanguinaire, les paroles ont abouti au cri ultime : « Cette horreur ! », et sa bonté s'est surtout exprimée en assassinats.

215. Le rapprochement entre les deux femmes vient encore bouleverser la symbolique traditionnelle du noir et du blanc. Ce qu'elles ont en commun, c'est leur amour absolu pour un homme qu'elles ne comprennent pas ; la Noire n'est pas pure sauvagerie, et la Blanche n'est pas dépourvue de passion malgré tout son idéalisme.

Le Livre de Poche s'engage pour l'environnement en réduisant l'empreinte carbone de ses livres. Celle de cet exemplaire est de :
400 g éq. CO_2
Rendez-vous sur
www.livredepoche-durable.fr

PAPIER À BASE DE FIBRES CERTIFIÉES

Composition réalisée par DATAGRAFIX

Imprimé en France par CPI
en juillet 2018
N° d'impression : 2037463
Dépôt légal 1re publication : octobre 2012
Édition 08 - juillet 2018
LIBRAIRIE GÉNÉRALE FRANÇAISE
21, rue du Montparnasse - 75298 Paris Cedex 06

Notes

216. Est-ce parce qu'il n'a pas pu dire la vérité et rendre justice à Kurtz que Marlow est condamné à revivre son expérience en la racontant à tous ? Lui aussi est un « vieux marin » (voir p. 97) comme celui de Coleridge : « *Since then, at an uncertain hour, / That agony returns : / And till my ghastly tale is told, / This heart within me burns* » (« depuis lors, à une heure incertaine, cette angoisse revient : et tant que je n'ai pas raconté mon histoire effrayante, le cœur me brûle »).